ONKEL TOMS HÜTTE

Harriet Beecher-Stowe

Onkel Toms Hütte

unipart

Harriet Beecher-Stowe: Onkel Toms Hütte
Unipart bei area

Einbandgestaltung: agilmedien, Köln
Einbandabbildung: Bridgeman, London
Lektorat: Sylvia Gredig
Satz & Layout: Andreas Paqué, Ramstein
Druck und Bindung: Oldenbourg Taschenbuch GmbH,
Hürderstraße 4, 85551 Kirchheim

Printed in Czech Republic 2004
ISBN 3-89996-148-X

Inhalt

Mr Shelby und der Sklavenhändler ... 7
Fluchtpläne ... 16
Onkel Toms Hütte ... 27
Mr Shelby verkauft Tom und Harry ... 38
Vorsprung für Eliza ... 49
Krachendes Eis auf dem Ohio ... 60
Senator Bird zeigt Herz ... 79
Onkel Tom in Ketten ... 95
Steckbrieflich gesucht ... 106
Gute Nachricht für Eliza ... 118
Auf dem Mississippi ... 127
Augustin St. Clare und seine Cousine Ophelia ... 134
Ankunft in New Orleans ... 141
Eliza, George und Harry auf der Flucht ... 153
Neue Hoffnung für Tante Chloe ... 167
Sorge um Eva ... 173
Locken zur Erinnerung ... 186
»Bete, Tom!« ... 192
Weg in die Freiheit ... 204
In den Händen Simon Legrees ... 208
Cassys Flucht ... 216
Trauer um Onkel Tom ... 219

Mr Shelby und der Sklavenhändler

In einem Landhaus in Kentucky, in einem vornehm eingerichteten Speisezimmer, saßen zwei Männer beim Wein und verhandelten ein Geschäft.

Der eine war ein untersetzter Mann. Er trug eine grellfarbige Weste und ein buntes Halstuch, und an seinen großen Händen blitzten goldene Ringe auf, als er nach der schweren Uhrkette vor seiner Brust griff.

Der andere Herr, Mr Shelby, war dem Äußeren nach ein vollkommener Gentleman. Ihm gehörte das Haus, dessen Räume Behaglichkeit und Wohlstand ausstrahlten.

»So würde ich die Sache gern in Ordnung bringen«, sagte Mr Shelby.

»Aber so kann ich kein Geschäft abschließen«, entgegnete der Gast. Er hielt sein Glas prüfend gegen das Licht und leerte es in einem Zug.

»Mr Haley, glauben Sie mir. Tom ist ein besonderer Bursche. Er ist die Summe wert – er ist ruhig, ehrlich und gescheit, er hält meine Farm wie ein Uhrwerk in Gang.«

»Sie meinen so ehrlich wie ein Neger eben sein kann«, sagte Mr Haley. Er war als Sklavenhändler berüchtigt.

»Nein, nein. Auf Tom ist wirklich Verlass. Er hat sich stets rechtschaffen um alles gekümmert, was ich ihm aufgetragen habe. Im vergangenen Herbst schickte ich ihn allein nach Cincinnati, um dort ein Geschäft für mich abzuwickeln. Treu brachte er mir die fünfhundert Dollar. Ist das nicht Beweis genug? Ich würde ihm alles, was ich besitze, anvertrauen. Ich trenne mich nur ungern von ihm. Ach, Haley, wenn Sie ein Gewissen haben …«

»Nun, ich habe so viel Gewissen, wie ein Geschäftsmann nur haben kann. Und ich bin bereit, alles zu tun, um meinen Freunden gefällig zu sein. Aber das wäre doch ein wenig zu viel des Guten.« Er stieß einen Seufzer aus und ließ sich erneut das Glas füllen.

»Nun, Mr Haley, was verlangen Sie?«, fragte Mr Shelby.

»Haben Sie denn kein Kind, einen Jungen oder ein Mädchen, das Sie mir zu Tom dazugeben könnten?«

»Hm, keines jedenfalls, das ich gern weggeben möchte. Wäre es nicht nötig, ich würde überhaupt nicht daran denken, irgendeinen meiner Arbeiter –«

Da öffnete sich die Tür, und ein auffallend schöner Knabe von etwa vier Jahren trat ins Zimmer. Die schwarzen Locken des Jungen glänzten seidig, und seine großen, dunklen Augen blickten neugierig unter den langen Wimpern hervor. Er trug ein Kleidchen aus rot und gelb gewürfeltem Stoff, das seine dunkle Schönheit noch hervorhob. Die schüchterne und zugleich vertrauliche Art des Kindes verriet, dass es gewohnt war, von seinem Herrn gehätschelt zu werden.

»Hallo, mein Junge!«, rief Mr Shelby und warf dem Knaben im nächsten Moment eine Traube zu.

Der Junge sprang geschickt vor und fing den Leckerbissen auf.

Mr Shelby strich ihm dafür über den Lockenkopf. »Nun zeige diesem Herrn, wie du tanzen und singen kannst.«

Mit heller Stimme begann der Knabe eines der Lieder zu singen, die die Schwarzen gewöhnlich bei der Arbeit auf den Feldern sangen und tanzte dazu mit rhythmischen Bewegungen.

»Bravo! Das ist ein Kerlchen!«, rief Mr Haley lachend und warf dem Kind ein Stück Orange zu. »Ich will Ihnen etwas vorschlagen«, gab er schließlich kund und klopfte Mr Shelby auf die Schulter, »geben Sie mir den Jungen zu Tom dazu, dann ist unser Geschäft abgemacht.«

Die Männer hatten die junge Frau, die leise das Zimmer betreten hatte, zuerst nicht bemerkt.

»Eliza. Was gibt's?«, fragte Mr Shelby nun, als er sie unschlüssig im Raum stehen sah.

Es bedurfte nur eines Blickes, um zu erkennen, dass Eliza die Mutter des Jungen war. Dieselben großen dunklen Augen mit den langen Wimpern, dasselbe seidig glänzende Haar.

»Verzeihen Sie, Master, ich wollte Harry holen.«

Der Knabe lief auf seine Mutter zu und zeigte ihr die Früchte, die er bekommen hatte.

»Nimm ihn nur mit«, sagte Mr Shelby, und Eliza entfernte sich sogleich hastig mit dem Kind.

»Beim Jupiter!«, rief Mr Haley. »Mit dem Mädchen können Sie in New Orleans ein gutes Geschäft machen, wenn Sie wollen. Ich habe andere Händler schon mehr als tausend Dollar für solch junge Frauen bezahlen sehen, und die waren um kein Haar hübscher als Ihr Mädchen.«

»Ich habe nicht die Absicht, durch Eliza reich zu werden«, sagte Mr Shelby trocken und öffnete erneut eine Weinflasche.

Der Händler kostete von dem Wein. »Ausgezeichnet, Sir! Erste Qualität!«, lobte er und rückte näher an Shelby heran. »Wollen Sie nicht doch ein Geschäft mit dem Mädchen machen? Was soll ich Ihnen bieten?«

»Ich verkaufe Eliza nicht«, erwiderte Mr Shelby bestimmt, »meine Frau würde sie nicht hergeben, selbst nicht, wenn man sie in Gold aufwöge.«

»Die Frauen sagen dergleichen, weil sie nicht rechnen können. Zeigen Sie ihr nur, wie viele Uhren und Juwelen man mit einem entsprechenden Berg Gold kaufen kann, so wird sich ihre Ansicht sicher ändern.«

»Zum letzten Mal, Mr Haley, ich verkaufe das Mädchen nicht!«

»Aber den Jungen, den geben Sie mir doch! Sie müssen zugeben, dass ich Ihnen ein großzügiges Angebot gemacht habe.«

»Was in aller Welt wollen Sie mit dem Kind?«, fragte Mr Shelby.

»Ich habe einen Geschäftsfreund, der solche Jungen kauft und anlernt, um sie dann an reiche Leute weiterzuverkaufen. Ein hübscher Junge wie Ihrer, der den Gästen die Tür öffnet, ist eine Zierde für ein vornehmes Haus. Der Kleine scheint für solche Zwecke vortrefflich geeignet.«

»Ich möchte den Jungen aber nicht verkaufen. Ich bin ein humaner Mann, Mr Haley. Es widerstrebt mir, ihn seiner Mutter zu entreißen.«

»Ich verstehe das, Shelby. Es ist mitunter sehr schwer mit den Frauen … Wie wäre es, wenn Sie die Mutter für einen Tag wegschickten? Die Angelegenheit würde erledigt sein, ehe sie nach Hause zurückkommt. Ihre Frau könnte ihr danach ein Paar Ohrringe oder ein neues Kleid kaufen, dann beruhigt sie sich schon wieder.

»Ich fürchte, dass das nicht reichen wird.« Mr Shelby schälte nachdenklich eine Orange.

»Oh doch! Diese Geschöpfe sind nicht wie wir Weißen. Sie verwinden viel, wenn man es nur richtig anfängt. Man sagt, dass mein Geschäft die Gefühle töte, aber ich habe das nie gefunden. Auch ich könnte einer Mutter nicht das Kind aus den Armen reißen und zum Verkauf aussetzen, während die Frau vor Verzweiflung tobt. Das ist auch nicht gut fürs Geschäft. Meinen Erfahrungen nach ist es am besten, menschlich zu verfahren.«

»Soso«, gab Shelby zurück.

»Ja, und ich stehe nicht umsonst in dem Ruf, die schönsten Sklavenherden auf den Markt zu führen, alles gut gebaute und kräftige Arbeiter. Natürlich nehme ich beim Verkauf von Kindern Rücksicht. Ich schaffe die Mütter vorher weg. Sie gewöhnen sich schließlich daran, ihre Kinder nicht wiederzusehen. Aus den Augen, aus dem Sinn. Ordentlich erzogene Sklaven fügen sich in ihr Schicksal. So ist das.«

»Dann muss ich wohl befürchten, meine sind nicht ordentlich genug erzogen«, warf Shelby ein.

»In Kentucky geht es den Sklaven zu gut. In südlicheren Gebieten herrschen ganz andere Sitten.«

Schweigend knackten die Männer ein paar Nüsse.

»Also, was sagen Sie zu meinem Vorschlag?«, fragte Mr Haley schließlich.

Shelby zögerte. »Ich will mir die Sache überlegen und mit meiner Frau darüber sprechen«, antwortete er nach einer Weile.

»Nun gut. Aber ich erwarte Ihre Entscheidung in Kürze. Ich möchte so bald wie möglich wissen, woran ich mich zu halten habe«, antwortete Haley, stand auf und zog seinen Überrock an.

»Kommen Sie heute Abend zwischen sechs und sieben wieder, dann sollen Sie eine Antwort erhalten«, sagte Mr Shelby, und der Händler verließ das Haus.

Als Mr Shelby die Tür hinter ihm geschlossen hatte, seufzte er. Er war immer ein freundlicher und nachsichtiger Herr gewesen. Doch er hatte sich so hoch verschuldet, dass er keinen anderen Ausweg sah, als das Geschäft mit Haley einzugehen. Warum habe ich diesen unverschämten Kerl nicht zur Tür hinausgejagt?, fragte er sich in Gedanken versunken. Wenn mir je ein Mensch gesagt hätte, dass ich Tom an einen dieser Schurken verkaufen würde, so hätte ich es nicht geglaubt. Tom ist doch kein Hund. Und was ist jetzt? Nicht nur Tom, auch Elizas Kind soll ich hergeben! Wie bringe ich das bloß Emily bei. Sie wird das sicher nicht einfach zulassen. Mr. Shelby seufzte abermals. Er verehrte seine Gattin und er schätzte ihre Ansichten. Mrs Shelby würde sich dem Verkauf von Tom und Harry gewiss und mit gutem Grund widersetzen. Das bevorstehende Gespräch mit seiner Frau bedrückte ihn sehr.

Mrs Shelby rief nach Eliza. Doch die junge Frau zögerte. Sie hatte genug von dem Gespräch zwischen ihrem Herrn und dem Gast gehört, um zu wissen, was der

Händler wollte. Sie glaubte sogar, etwas von einem Angebot für ihren Jungen mitbekommen zu haben. Ihr Herz pochte, und sie drückte den Kleinen so fest an sich, dass er erschrocken zu ihr aufsah. Erst dann eilte sie zu ihrer Herrin.

»Eliza, was fehlt dir heute?«, fragte Mrs Shelby, nachdem diese zuerst einen Krug mit Wasser umgeworfen hatte und kurz darauf ihrer Herrin einen langen Schlafrock anstelle des Seidenkleides zum Anziehen reichte.

»Oh Missis ...«, sagte Eliza und brach in Tränen aus.

»Kind, was fehlt dir?«, fragte Mrs Shelby besorgt.

»Missis, unten im Esszimmer ist ein Händler, der mit dem Master redet. Er will meinen Harry.«

»Aber, aber, du einfältiges Kind ...«

»Oh, Misses, wenn der Master meinen Harry nun verkauft ...« Eliza schluchzte verzweifelt auf.

»Ihn verkaufen! Du törichtes Geschöpf. Du solltest nicht an Türen horchen. Du weißt doch, dass dein Herr niemals mit solchen Händlern Geschäfte machen würde. Er würde nie einen von seinen Dienern verkaufen, so lange sie sich gut betragen. Wer meinst du, könnte deinen Harry dem Händler abkaufen wollen? Meinst du, dass die ganze Welt so auf ihn versessen ist, wie du? Komm, denk nicht mehr daran und schließe mein Kleid.«

»Missis, Sie würden doch nie Ihre Einwilligung geben, wenn ...«

»Natürlich nicht! Dann könnte ich ebenso gut eines von meinen eigenen Kindern verkaufen. Aber Eliza, du bist viel zu stolz auf Harry. Kein Mann kann seine Nase zur Tür hereinstecken, ohne dass du denkst, er sei gekommen, um ihn uns abzukaufen.« Mrs Shelby war von der Güte ihres Mannes überzeugt. Von den Schulden und der großen Not wusste sie noch nichts. »Nun flechte mir noch mein Haar so hübsch, wie du es neulich gelernt hast.«

Eliza beruhigte der zuversichtliche Ton ihrer Herrin. Sie vertraute Mrs Shelby, die ihr gegenüber stets gutherzig war.

Fluchtpläne

Eliza war bereits als Kind in das Haus ihrer Herrin gekommen, und Mrs Shelby hatte sie vom ersten Tag an bevorzugt aufgezogen. Als Eliza schließlich zu einer hübschen jungen Frau herangewachsen war, verheirateten die Shelbys sie mit einem begabten und fleißigen jungen Mulatten namens George Harris, der als Sklave einem benachbarten Gutsbesitzer Mr Harris diente.

George war ein hübscher Kerl mit gefälligen Manieren. Doch sein Herr wusste das wenig zu schätzen. Für ihn war er bloß ein Sklave, ein Untergebener, der Befehlen zu gehorchen hatte. George war wie viele andere Sklaven der Herrschaft seines tyrannischen Herrn ausgeliefert.

Mr Harris hatte ihn eines Tages in eine Sacktuchfabrik vermietet, wo er wegen seiner Geschicklichkeit schon nach einiger Zeit als der beste Arbeiter galt.

In dieser Zeit heirateten George und Eliza. Die Trauung wurde im Gesellschaftszimmer der Familie Shelby vollzogen, und die Herrin des Hauses persönlich hatte das schöne Haar der Braut mit Orangenblüten geschmückt und den Brautschleier darüber geworfen. Es gab Kuchen und Wein, und es fehlte auch sonst an nichts.

Die erste Zeit sah Eliza ihren Mann häufig. Doch ihr Familienglück wurde getrübt, als die beiden ersten Kinder des Paares starben. Die Trauer war unendlich groß. Erst nach der Geburt des kleinen Harry fasste Eliza neuen Mut.

George, der in der Fabrik sehr beliebt war, erfand eine Maschine zur Reinigung des Hanfes, wodurch ihm zusätzlich große Anerkennung entgegengebracht wurde.

Als Mr Harris hörte, wie sehr George für seine Erfindung gelobt wurde, ritt er zur Fabrik. Der Fabrikbesitzer empfing ihn mit großer Freude und bat George, seinen Herrn durch die Fabrik zu führen.

Wortgewandt und voller Stolz erklärte George die verschiedenen Maschinen und sah dabei so hübsch und mannhaft aus, dass sich Mr Harris – wohl vor Neid – unwohl zu fühlen begann. Wer hatte seinem Sklaven erlaubt, Maschinen zu erfinden und in Gesellschaft seines Herrn den Kopf so hoch zu tragen?

Mr Harris wollte dem ganzen Trubel ein Ende machen und George auf das Gut zurückholen, ihn zum Hacken und zum Graben einsetzen und sehen, ob er dann noch immer so umherstolzieren würde.

Der Fabrikbesitzer, Mr Wilson, ein älterer Herr, und die umstehenden Arbeiter konnten es kaum glauben, als

Mr Harris plötzlich Georges Lohn verlangte und seine Absicht formulierte, ihn mit nach Hause zu nehmen.

»Aber, Mr Harris«, wendete der Fabrikherr ein, »ist das nicht etwas übereilt?«

»Nun, wenn schon … Der Mann gehört mir!«

»Soll ich vielleicht die Vergütung erhöhen, Sir?«

»Darauf kommt es mir nicht an. Ich habe es nicht nötig, irgendeinen von meinen Leuten zu vermieten.«

»Aber, Sir, der Junge scheint für die Arbeit mit den Maschinen besonders begabt zu sein.«

»Das will ich zugeben. Obwohl er nie besonders zu irgendeiner Arbeit begabt gewesen ist, die *ich* ihm aufgetragen habe. Aber, Schluss jetzt, er kommt mit mir.«

George stand wie erstarrt da. Bevor er aufbrausen konnte, berührte der freundliche Fabrikbesitzer seinen Arm und flüsterte ihm beruhigend zu: »Gib nach, George, geh mit ihm. Doch ich will versuchen, ob ich dir helfen kann.«

Mr Harris, Georges gesetzlicher Eigentümer, brachte ihn auf das Gut zurück und ließ ihn fortan niedrigste Arbeiten verrichten.

Ein paar Wochen später besuchte der Fabrikbesitzer Mr Harris auf seinem Anwesen. Es war der Morgen, an dem der Sklavenhändler Haley mit Mr Shelby beim Wein saß. Der Fabrikbesitzer, Mr Wilson, redete auf Mr Harris ein und versuchte mit allen Mitteln, George zurückzugewinnen.

»Sie brauchen sich keine Mühe zu geben«, erwiderte Mr Harris jedoch halsstarrig und schlug jegliches Angebot aus. »Dieser Sklave gehört mir, und ich mache mit ihm, was ich will.«

Georges letzte Hoffnung sank, als er das hörte. Er sah ein Leben vor sich, das nur noch aus Kränkungen, Tyrannei und harter Arbeit auf dem Feld bestand.

Er lief rüber zum Anwesen der Shelbys. Dort war Mrs Shelby gerade aufgebrochen, um einen Besuch zu machen. Eliza stand auf der Veranda und blickte der verschwindenden Kutsche nach. George legte ihr seine Hand auf die Schulter, und die junge Frau wandte sich um.

»George, wie kannst du mich so erschrecken?« Dann erhellte ein Lächeln ihre Augen. »Schön, dass du da bist. Die Missis braucht mich heute nicht mehr, sie kehrt erst gegen Abend zurück.«

George blickte Eliza traurig an.

»Warum freust du dich nicht, George? Sieh nur, wie Harry gewachsen ist!« Sie deutete auf den Jungen zu ihren Füßen.

Der Knabe blickte scheu zu seinem Vater auf.

»Ist er nicht schön?«, fragte Eliza, strich ihm das lockige Haar aus der Stirn und küsste ihn zärtlich.

Georges Blick verdunkelte sich. »Ich wollte, er wäre nie geboren«, sagte er bitter. »Ich wollte, *ich* wäre nie geboren.«

Eliza fuhr zusammen. Sie sah ihren Mann verzweifelt an. »George, wie kannst du nur so reden! Ist etwas geschehen? Wir haben lange um unsere toten Kinder getrauert, und nun sind wir doch endlich wieder glücklich.«

»Du hast Recht«, erwiderte George. Er nahm den Jungen auf den Arm, blickte fest in dessen Augen und strich mit der Hand durch seine dichten Locken. »Er sieht dir ähnlich, Eliza. Aber … ich wollte, ich hätte dich nie gesehen … und du mich auch nicht!«

»George, sag so etwas nicht!«

»Doch Eliza. Wer bin ich denn? Ich werde behandelt wie ein wertloses Lasttier! Ich will dich nicht auch noch mit herabziehen. Was nützt es, irgendetwas zu tun oder zu lernen? Was nützt das Leben? Ach Eliza, ich wollte, ich wäre tot.«

»Lieber George, das ist nicht recht, so zu sprechen. Ich weiß, dass es dir schlecht geht, weil du deine Stelle in der Fabrik verloren hast, und Master Harris ist hart zu dir, aber ich bitte dich, geduldig zu sein.«

»Geduldig!«, rief George erbost. »Bin ich nicht immer geduldig gewesen? Habe ich ein Wort gesagt, als mich Master Harris ohne allen Grund von dem Ort fortriss, an dem mich alle Menschen freundlich behandelten? Ich habe ihm meinen Lohn bis auf den letzten Cent gegeben, und alle sagen, dass ich gut gearbeitet habe.«

»Ja, es ist entsetzlich«, sagte Eliza. »Aber Master Harris ist dein Herr.«

»Und wer hat ihn zu meinem Herrn gemacht? Welches Recht hat er auf mich? Ich bin ebenso ein Mensch wie er. Ich bin ein tüchtiger Arbeiter, ich verstehe sogar mehr von den Geschäften als er. Ich kann besser lesen als er, und ich schreibe mit ruhigerer Hand. Das alles habe ich mir selbst beigebracht, trotz der Hindernisse, die er mir in den Weg gelegt hat.« Während er sprach, funkelten seine Augen vor Zorn. »Und nun möchte ich wissen, welches Recht er hat, mich wie einen Ackergaul zu behandeln? Er verbietet mir, was ich besser kann als jeder andere, und zwingt mich zu Arbeiten, die jedes Pferd zu verrichten imstande ist. Er sagt mir ins Gesicht, dass er mich demütigen will, und er gibt mir absichtlich die schwersten, niedrigsten und schmutzigsten Arbeiten.«

»Oh George! Du machst mir Angst! Ich habe dich noch nie zuvor so reden hören. Ich fürchte, dass du etwas Entsetzliches tun wirst! Bitte, sei vorsichtig, um meinetwillen, um Harrys willen!«

»Ich war vorsichtig, ich war geduldig, aber es wird immer schlimmer. Ich ertrage es nicht mehr. Master Harris benutzt jede Gelegenheit, mich zu quälen. Wie sehr hatte ich gehofft, dass, wenn ich meine Arbeit ordentlich verrichte und ich mich ruhig verhalte, ich ein wenig Zeit für mich behalte, zum Lesen, zum Lernen … Aber je fleißiger ich bin, desto mehr Arbeit lädt er mir auf. Er sagt, dass ich einen Teufel in mir habe und er ihn zum Ausbruch bringen wird.«

»Aber was können wir denn tun?«, fragte Eliza.

George zuckte mit den Schultern. »Erst gestern, als ich Steine auf den Wagen lud, stand der junge Master dabei und klatschte so nahe bei dem Pferde mit der Peitsche, dass dieses unruhig wurde. Ich bat ihn, dass er aufhören möge, doch er dachte nicht daran. Ich bat ihn erneut, da begann er mich zu schlagen. Ich hielt seine Hand fest, doch er wehrte sich. Schließlich lief er schreiend zu seinem Vater und sagte, dass ich ihn geprügelt hätte. Master Harris kam wütend herbei, band mich an einen Baum und schnitt Ruten für seinen Sohn ab. Er erlaubte ihm, mich so lange zu schlagen, bis er müde sei …«

Als Eliza sah, wie Georges Augen vor Wut aufblitzten, erzitterte sie.

»Sag mir, Eliza, wer hat diesen Mann zu meinem Herrn gemacht?«

»Ich habe immer gedacht, dass ich meinem Master und meiner Missis gehorchen müsse …«, sagte Eliza betrübt.

»In deinem Fall liegt etwas Vernünftiges darin. Sie haben dich erzogen wie ein eigenes Kind, dich genährt und gekleidet, Nachsicht mit dir gehabt und dich unterrichtet, sodass du eine gute Erziehung besitzt. Aber ich bin mit Füßen getreten, geschlagen, mit Verwünschungen überhäuft und im besten Fall nicht beachtet worden. Was bin ich Master Harris dafür schuldig? Ich habe meinen Unterhalt mit meiner Arbeit wohl hundertfach bezahlt. Ich *will* das alles nicht länger ertragen.«

Eliza schwieg.

»Du erinnerst dich doch noch an den kleinen Carlo, den du mir gegeben hast«, begann George erneut. »Das Tier war der einzige Trost, den ich hatte. Es hat in der Nacht bei mir in der Hütte geschlafen und ist mir am Tag überall hin gefolgt, und wenn ich zu ihm sprach, schaute es mich an, als würde es mich verstehen. Letzte Woche fütterte ich es mit einigen Abfällen, die ich an der Küchentür aufgelesen hatte. Der Master kam und sagte, dass ich das Tier auf seine Kosten füttere, und befahl mir, ihm einen Stein an den Hals zu binden und es in den Teich zu werfen.«

»Oh George, du hast es doch nicht getan?«

»*Ich?* Nein. Aber er. Er bewarf das arme Geschöpf sogar noch mit Steinen, als es bereits ertrank. Ich erhielt danach Schläge. Aber ich mache mir nichts mehr daraus, denn mein Tag wird kommen …«

»Was willst du tun? George, tu nichts Böses, vertrau auf Gott und handle recht, so wird er dich erlösen.«

»Ich bin nicht christlich gesinnt, wie du, Eliza. Mein Herz ist voll Bitterkeit.«

»Aber George, wir müssen Glauben haben. Die Missis sagt, dass Gott alles zum Besten kehrt.«

»Wenn deine Missis auf dem Feld arbeiten müsste wie ich, würde sie anders reden. Eliza, hör mir zu, das war noch nicht alles …«

»Was kann noch kommen?«

»Master Harris hat gesagt, dass er ein Narr gewesen sei, als er mir erlaubt hat, mich mit einer Sklavin von den Shelbys zu verheiraten. Er hasse Mr Shelby und seine ganze Familie, und er verbiete mir fortan, dich zu besuchen. Ich soll eine andere Frau bekommen. Gestern teilte er mir mit, dass ich Mina zur Frau nehmen und mich mit ihr in einer Hütte auf seinem Gut einrichten soll. Tu ich es nicht, verkauft er mich flussabwärts.«

»Aber uns hat doch ein Pfarrer getraut, so wie die Weißen«, sagte Eliza.

»Weißt du nicht, dass ein Sklave nicht wie ein Weißer heiraten kann? Das Gesetz erlaubt es nicht. Ich kann dich nicht zur Frau behalten, wenn Master Harris uns trennen will. Das ist der Grund, weshalb ich wünsche, dass ich dich nie gesehen hätte und Harry nicht geboren wäre.«

»Harry hat es gut. Master Shelby ist nicht wie Master Harris.«

»Das mag sein, aber was geschieht, wenn ihm etwas passiert, wenn er stirbt oder du und das Kind an irgendeinen anderen Weißen verkauft werden? Harry ist hübsch und klug. Das macht ihn für die Händler zu einer kostbaren Ware. Wie willst du ihn beschützen?«

Die Worte ihres Mannes machten Eliza das Herz schwer. Sie blickte ängstlich zu ihrem Jungen hinüber, der mit Mr Shelbys Spazierstock zwischen den Beinen die Veranda auf und ab ritt.

»Eliza«, setze George traurig an. »Bleib guten Mutes. Ich gehe fort.«

»Du gehst, George? Wohin?«

»Nach Kanada.« Er hob die Schultern. »Und wenn ich dort bin, werde ich dich und Harry kaufen. Das ist die einzige Hoffnung, die uns noch bleibt. Du hast einen guten Herrn, der sich nicht weigern wird, dich zu verkaufen.«

»Oh entsetzlich, wenn du gefangen würdest!«

»Ich werde nicht gefangen werden, Eliza ... lieber will ich sterben! Ich werde frei sein oder sterben.«

»Du wirst dich doch nicht selbst umbringen ...«

»Das werden wohl schlimmstenfalls andere für mich verrichten. Lebend bekommt mich Master Harris den Fluss nämlich nicht hinunter.«

»Bitte George, sei um meinetwillen vorsichtig! Tu nichts Böses. Deine Versuchungen sind groß, aber mache nichts, was du später bereust. Wenn du gehen musst, dann umsichtig und klug, und bitte Gott um Hilfe.«

»Bitte du Gott für mich, Eliza. Vielleicht hilft er mir dann. Mein Pläne jedenfalls stehen fest, und ich habe auch schon einige Vorbereitungen getroffen. Ich kenne Menschen, die mir helfen werden. Im Laufe einer Woche werde ich als vermisst gelten ...«

Eliza liefen Tränen die Wangen hinab. George nahm sie lange in den Arm. Dann verabschiedete er sich schweren Herzens von seiner Frau und seinem Kind.

Onkel Toms Hütte

Onkel Toms Hütte stand dicht bei dem »Hause«, wie die Schwarzen das große Wohnhaus ihres Herrn nannten. Vor dem kleinen Blockgebäude aus Holz befand sich ein gepflegter Garten, in dem jeden Sommer Erdbeeren, Himbeeren und viele andere Früchte sowie Gemüse wuchsen. Die Vorderseite begrenzte eine dicht blühende Rosenhecke. Voller Freude und Stolz betrachtete Tante Chloe jeden Tag aufs Neue die Blütenpracht.

Tante Chloe war die Oberköchin im Hause, und an diesem Tag war die Abendmahlzeit bereits vorüber, und sie war zurück in der Hütte, um nun »ihrem Alten«, wie sie ihren Mann Tom manchmal nannte, das Abendbrot zu bereiten.

Sie stand wie gewöhnlich in der Hütte am Feuer und beaufsichtigte den wohlriechenden Inhalt einer dampfenden Pfanne und hob immer mal wieder den Deckel einer Backform empor, aus der ebenfalls ein köstlicher Duft entströmte.

Tante Chloe hatte ein rundes Gesicht, und ihr Antlitz strahlte vor Zufriedenheit, aber auch vor Selbstbewusstsein, was nicht wunderte, schließlich galt sie als beste Köchin in der Gegend.

Sie kochte mit Leib und Seele. Jedes Huhn, jeder Truthahn, jede Ente im Hofe machte ein bekümmertes Gesicht, wenn sie sich näherte. Ihre Kuchenrezepte waren ein wohlgehütetes Geheimnis, und sie lachte schallend, wenn sie von Köchinnen erzählte, die sich vergeblich bemühten, sich zur Höhe ihrer Back- und Kochkünste aufzuschwingen.

Die Ankunft von Gästen im Haus, die Planung vorzüglicher Diners und Soupers erweckte ihre Schaffenskraft aufs Beste, und es gab für sie keinen willkommeneren Anblick als Reisekoffer, die ins Haus getragen wurden.

Augenblicklich jedoch blickte Tante Chloe wie so oft in eine Backform.

In einer Ecke von Onkel Toms Hütte stand ein Bett mit einer schneeweißen Decke und einem hübschen Teppich davor, der nach Tante Chloe der Beweis dafür war, dass sie einer feineren Schicht angehörten. In der anderen Ecke der Hütte befand sich ein einfaches Bett, das offenbar zum Gebrauch bestimmt war. Die Wand über dem Kamin schmückten einige bunte Heiligenbilder und ein Portrait von General Washington.

Von einer Sitzbank an einer der Wände aus beaufsichtigten ein paar wollköpfige Knaben die ersten Gehversuche eines kleinen Kindes, die darin bestanden, dass es sich auf seine Füße erhob, einen Augenblick schwankend dastand und dann wieder zu Boden fiel.

An einem Tisch vor dem Kaminfeuer, der mit einem Tuch bedeckt war, saß Onkel Tom, Mr Shelbys bester Arbeiter. Er war ein großer, kräftiger Mann mit tiefschwarzen afrikanischen Gesichtszügen, die Herzensgüte und Besonnenheit ausstrahlten. Er schrieb langsam und sorgfältig Buchstaben auf eine Schiefertafel, die vor ihm auf dem Tisch lag. Neben ihm saß der Sohn von Mr Shelby, der junge Master George, ein hübscher dreizehnjähriger Knabe.

»Nicht so, Onkel Tom!«, sagte er, als Tom bedächtig den Hals eines b an der falschen Seite ansetzte. »Das gibt sonst ein d.«

»Ach, wirklich?« Onkel Tom schaute voll Anerkennung zu, wie sein junger Lehrer flink mehrere b und d zu seiner Belehrung auf die Tafel schrieb. Dann nahm er den Stift wieder selbst in die Hand und begann geduldig von neuem.

»Wie leicht den Weißen alles fällt«, sagte Tante Chloe, die ihre Arbeit unterbrochen hatte und den jungen Master mit Stolz betrachtete. »Wie er schreiben und lesen kann! Es ist auch *sehr* interessant, was er uns abends alles vorliest, wenn er uns besuchen kommt …«

»Tante Chloe, ich bin *sehr* hungrig«, sagte George. »Ist der Kuchen denn noch nicht fertig?«

»Beinahe, Master George«, sagte Tante Chloe, nachdem sie den Deckel von der Kuchenform genommen und einen prüfenden Blick auf den Maiskuchen geworfen hatte. »Er ist schon schön braun. Das soll mir erst mal eine Köchin nachmachen. Die Missis ließ neulich Sally einen Kuchen backen, zur Probe. ›Da kann ich nicht zugucken, Missis‹, hab ich gesagt. ›Es tut mir weh zu sehen, dass gute Speisen so verdorben werden.‹ Der Kuchen war nur auf einer Seite aufgegangen – er sah aus wie ein Schuh.« Noch die Verachtung gegen die Unerfahrenheit Sallys im Blick hob Tante Chloe den Deckel von der Kuchenform abermals hoch und ließ kurz darauf einen goldbraunen Maiskuchen auf eine Platte gleiten. »Aus dem Weg, Moses und Peter! Vorsicht, Polly, mein Honigkind! Die Mama wird ihren Kindchen bald etwas geben. Nun, Master George, legen Sie die Bücher beiseite und setzen Sie sich zu meinem Alten, ich werde die Bratwürste holen, und der erste Rost voll Maiskuchen ist ebenfalls im Handumdrehen auf den Tellern. Tom, räum du auch dein Schreibzeug fort.«

»Ich sollte eigentlich drüben im Haus zu Abend essen«, sagte George Shelby. »Aber ich wusste, dass es hier noch besser schmeckt, Tante Chloe.«

»Ach, das wussten Sie, Honigkind?« Tante Chloe stieß ihm scherzhaft in die Seite und lachte. Dann verteilte sie den dampfenden Maiskuchen auf die Teller.

»Endlich!«, rief George Shelby und schwang ein großes Messer.

»Um Himmels willen!« Tante Chloe griff entsetzt nach seinem Arm. »Damit zerstören Sie ja den schönen Kuchen. Hier, ich gebe Ihnen ein dünnes, altes Messer, das ich für diese Zwecke scharf halte.« Sie beobachtete, wie der Junge ein Stück von dem gefüllten Kuchen abschnitt. »Sehen Sie, er geht so leicht auseinander wie eine Feder. Und nun essen Sie in Ruhe, etwas Besseres werden Sie nicht finden.«

»Der junge Lincon sagt, dass seine Jinny eine bessere Köchin sei als du.« George Shelby sprach mit vollem Munde.

»Die Lincons sind doch wirklich nichts Besonderes«, ereiferte sich Tante Chloe verächtlich. »Wenn man die Lincons neben unsere Herrschaften stellt ... Kein Vergleich!« Tante Chloe warf den Kopf in den Nacken.

»Nun, du hast aber selbst mal gesagt, dass Jinny eine ganz passable Köchin sei.« Georg blickte bei diesen Worten nicht von seinem Teller auf.

»Mag sein«, erwiderte Tante Chloe. »Eine gute, einfache Küche kann Jinny vielleicht leiten. Sie backt auch gut Brot und kann Kartoffeln kochen, aber ihre Maiskuchen sind nicht herausragend. Ganz zu schweigen von höheren Kochkünsten ... Ich war drüben, als Miss Mary geheiratet hat, und Jinny ließ mich ihre Hochzeitspasteten probieren. Sie wissen, Master George Shelby, dass Jinny und ich gute Freundinnen sind. Ich sagte nichts, aber glauben Sie mir, ich könnte eine Woche lang kein Auge zutun, wenn ich solche Pasteten gemacht hätte.«

»Jinny hat aber doch wohl gedacht, dass sie ausgezeichnet seien«, sagte George Shelby.

»Freilich hat sie das gedacht! Sehen Sie, Jinny weiß es nicht besser. Von wem auch? Wenn die Lincons es nicht anders haben wollen … Ach, Master George Shelby, Sie wissen nicht, wie gut Sie es mit Ihrer Familie getroffen haben.«

»Doch, doch, was die Pasteten betrifft allemal. Niemals würde ich unsere Pasteten gegen die von Lincons tauschen wollen. Da kannst du den jungen Lincon fragen«, sagte George Shelby.

Tante Chloe begann derart über die Worte des Jungen zu lachen, dass ihr Tränen über die Wangen rannen. »Sie haben mit dem jungen Master Lincon darüber gesprochen?«

»Ja«, antwortete George Shelby. »Als er eine Pastete aß, die Jinny ihm eingepackt hatte, habe ich zu ihm gesagt: ›Du müsstest Tante Chloes Pasteten mal probieren, das sind wahre Köstlichkeiten.‹«

»Vielleicht sollten Sie ihn mal zum Essen einladen, Master George«, schlug Tante Chloe vor. »Das wäre eine schöne Geste von Ihnen.«

»Nun, ich gedenke ihn nächste Woche einzuladen. Der wird sicher die Augen aufreißen, wenn er sieht, was es bei uns zu Tisch alles gibt.«

»Jaja«, sagte Tante Chloe entzückt, »da wird der staunen. Unsere Diners sind ja auch außergewöhnlich! Erinnern Sie sich noch an die Hühnerpastete, die ich zum Diner für General Knox gemacht habe?«

»Und ob ich mich noch daran erinnern kann«, antwortete George Shelby und leckte sich zufrieden den Mund. Jetzt war er an dem Punkt angelangt, an dem selbst ein Knabe mit großem Appetit nicht mehr essen konnte. Satt und mit Muße betrachtete er die Reihe kleiner Wollköpfe auf der Bank, die ihn mit glänzenden Augen ansahen. »Hier Moses, hier Peter!«, rief er, brach große Stücke von dem übrigen Maiskuchen ab und warf sie den Kindern zu. »Ihr habt auch Hunger, nicht wahr? Tante Chloe, backe den Kleinen doch auch Kuchen.«

George Shelby und Onkel Tom machten es sich daraufhin in der Kaminecke bequem, während Tante Chloe Pfannkuchen für die Kinder zubereitete. Etwas später hatte sie ihr Kleinstes auf dem Schoß und füllte abwechselnd dessen Mund und ihren eigenen und verteilte Pfannkuchenstücke an Moses und Peter, die diese unter dem Tisch genüsslich verzehrten, jedoch nicht ohne sich gegenseitig zu ärgern und sich lachend auf dem Boden zu wälzen.

»Weg da!«, schimpfte Tante Chloe und warf einen erbosten Blick unter den Tisch. »Könnt ihr euch nicht anständig benehmen, wenn der junge Master uns besucht? Wenn ihr jetzt nicht auf der Stelle ruhig seid, ist es Schluss für heute Abend.«

Die Drohung hinterließ nur wenig Eindruck bei den beiden Jungen.

»Sie sind so voll Übermut, dass sie sich nicht einfach beruhigen lassen«, sagte Onkel Tom beschwichtigend.

Im nächsten Moment krochen die Jungen mit sirupverklebten Händen und Mündern unter dem Tisch hervor und begannen, die kleine Polly auf dem Schoß der Mutter heftig zu küssen.

»Fort mit euch! Ihr werdet noch alle zusammenkleben und nicht wieder voneinander loskommen. Geht zum Brunnen und wascht euch!«, rief Tante Chloe, und unter lautem Lachen stürzten die Jungen aus der Tür hinaus. »Haben Sie je so ungezogene Burschen gesehen?«, fragte sie, doch der Stolz, der in ihrer Stimme mitklang, war nicht zu überhören. Sie griff ein zerschlissenes Handtuch, goss aus einer kaputten Teekanne ein wenig Wasser darauf und wischte dem Mädchen die Sirupspuren aus dem Gesicht. Danach setzte sie die Kleine Tom auf den Schoß und räumte geschäftig das Geschirr und die Töpfe vom Tisch.

Das Mädchen nutze die Gelegenheit, um Tom an der Nase zu zupfen, ihm durchs Gesicht zu kratzen und die kleinen Hände in seinem Haar zu vergraben, was ihm besonders Vergnügen zu bereiten schien.

»Ist sie nicht vorwitzig?«, fragte Tom und hielt sie von sich, um sie belustigt zu betrachten. Kurz darauf erhob er sich, setzte die Kleine auf seine breiten Schultern und begann, mit ihr durch die Hütte zu tanzen und zu springen, während George Shelby ein Taschentuch durch die Luft kreisen ließ. Moses und Peter, die vom Brunnen zurück waren, brüllten schließlich dazu wie die Bären.

»Mir platzt gleich der Schädel von diesem Lärm«, tönte Tante Chloe dazwischen. Doch da sie dies schon öfter behauptet hatte, ihr Kopf aber immer noch an der gleichen Stelle saß, beeinträchtigte das den Freudenlärm kaum.

»Ich will hoffen, dass ihr jetzt endlich genug habt«, sagte Tante Chloe nach einer Weile und zog einen Holzkasten mit Bettzeug vor. »Dort hinein, Moses und Peter, bevor die Betstunde beginnt.«

»Mutter, können wir nicht dabei sein? Bitte …«

»Lass sie doch aufbleiben, Tante Chloe«, sagte George Shelby und versetzte dem Bettkasten einen leichten Stoß mit dem Fuß.

Chloe zögerte kurz, dann willigte sie ein. »Woher sollen wir bloß wieder die vielen Stühle nehmen?«, fragte sie und schaute sich in der Hütte um. Doch da die Versammlung zur Betstunde regelmäßig bei Onkel Tom gehalten wurden, waren sich alle anderen sicher, dass auch diesmal jeder einen Platz finden würde.

»Der alte Onkel Peter hat letzte Woche so schief gesungen, dass der Stuhl dort zwei Beine verloren hat«, erzählte Moses den anderen, die geschäftig in der Hütte hin und her liefen.

»Das sollen wir wohl glauben! Sicher habt ihr beiden mal wieder zu wild rumgetobt«, schalt Tante Chloe den Jungen, der daraufhin den Kopf senkte.

»An die Wand gelehnt, bleibt der sicher stehen«, murmelte Moses.

»Nur Onkel Peter darf nicht darauf sitzen, der schaukelt beim Singen immer so!«, rief Moses seinem Bruder zu.

»Dann soll er sich gerade darauf setzen«, gab der zurück. »Und wenn alle singen ›Kommt, fromme Leut und Sünder, oh kommt und hört mich an‹, dann fällt er vom Stuhl!« Moses ahmte den schiefen Gesang des alten Mannes nach und ließ sich anschließend zu Boden fallen.

»Schämt ihr euch nicht?«, schimpfte Tante Chloe, während George Shelby fröhlich in das Lachen der anderen Kinder einstimmte.

Da rollte Onkel Tom zwei leere Fässer in die Hütte, die aufgestellt und mit Brettern darüber als Tische dienten, und umgedrehte Tröge und Eimer boten weitere Sitzgelegenheiten.

»Master George ist ein so guter Leser, dass er sicher bei uns bleiben wird, um uns vorzulesen«, sagte Chloe mit Blick auf George Shelby, der gleich zustimmend nickte, schließlich genoss er es, von Erwachsenen so wichtig genommen zu werden.

Die Hütte war wenig später mit Gästen gefüllt, die alle an der Betstunde teilnehmen wollten. Munter plauderten sie die ersten Minuten durcheinander. »Woher hat die alte Tante Sally eigentlich ihr neues rotes Kopftuch?« – »Die Missis beabsichtigt doch tatsächlich Lizzy das gesprenkelte Musselinkleid zu schenken.« – »Wusstest du schon, dass Master Shelby ein neues braunes Füllen kaufen will?« Einige der Anwesenden arbeiteten und lebten bei benachbarten Familien, die ihnen jedoch die Erlaubnis erteilten, den Betstunden in Onkel Toms Hütte beizuwohnen. Dann begannen alle gemeinsam zu singen. Selbst der alte Onkel Peter konnte die herrlichen Stimmen und Melodien des Chores mit seinen schiefen Tönen nicht trüben.

Mr Shelby verkauft Tom und Harry

Während in Onkel Toms Hütte die Betstunde begann, saß Mr Shelby mit Mr Haley im Speisezimmer vor einem Stoß Papiere. Mr Shelby zählte ein Bündel Geldscheine, das er anschließend dem Händler hinüberschob.

»Alles in Ordnung«, sagte Haley, nachdem auch er die Scheine gezählt hatte. »Dann lassen Sie uns den Vertrag unterzeichnen.«

Mr Shelby zog die Verkaufspapiere hastig zu sich herüber und unterschrieb sie wie einer, dem das Geschäft unangenehm war und der es so schnell wie möglich hinter sich bringen wollte. Zum Schluss holte der Händler einen Brief aus seiner Tasche, den er Mr Shelby übergab. Shelby nahm ihn erleichtert entgegen.

»Nun ist die Sache erledigt«, sagte Mr Haley und stand auf.

Mr Shelby nickte.

»Es scheint mir, Sie sind nicht besonders froh über unser Geschäft«, bemerkte der Händler.

»Haley«, setze Mr Shelby an, »ich hoffe, dass Sie mir auf Ihre Ehre versprechen, Tom nicht zu verkaufen, ohne zu wissen, in wessen Hände er kommt.«

»Aber Shelby, Sie haben mir Tom doch auch verkauft, ohne mich näher zu kennen.«

»Ich hatte keine andere Wahl, ich wurde durch die Umstände dazu *gezwungen.*«

»Nun, *mich* können die Umstände ebenfalls zwingen«, meinte der Händler. »Ich werde jedoch mein Bestes tun, um Tom eine gute Stelle zu verschaffen. Ich bin schließlich kein Unmensch.«

Erleichtert brachte Mr Shelby den Händler zur Tür.

Nachdem Mr Shelby noch eine Zigarre auf der Veranda geraucht hatte, ging er hinauf in das Schlafgemach, wo Mrs Shelby sich vor einem Spiegel sitzend die Haare kämmte.

»Wer war dieser geschmacklose Mensch, den du zum Essen eingeladen hast, Arthur?«

»Er heißt Haley«, antwortete Mr Shelby. Die Frage behagte ihm gar nicht.

»Und was wollte er?«

»Nun, ich habe ihn bei meinem letzten Besuch in Natchez kennen gelernt und bin mit ihm ins Geschäft gekommen.«

»Und warum kommt er zuerst am Vormittag und später noch mal zum Abendessen?«

»Wir hatten einiges zu verhandeln«, erklärte Mr Shelby.

»Ist er ein Sklavenhändler?« Mrs Shelby schien eine gewisse Verlegenheit im Benehmen ihres Gatten zu bemerken.

»Liebste, wie kommst du denn auf diese Idee?« Mr Shelby war sichtlich nervös.

»Eliza kam heute Vormittag völlig verstört zu mir und erzählte unter Tränen, dass ein Händler bei dir wäre. Sie meinte, gehört zu haben, dass er dir ein Angebot für ihren Knaben gemacht hat.« Mrs Shelby wandte sich zu ihrem Gatten um. »Ich habe Eliza natürlich versichert«, fuhr sie fort, »dass du mit solchen Menschen, die mit Sklaven handeln, bestimmt nichts zu tun hast. Ich weiß ja, dass du nie einen von unseren Arbeitern verkaufen würdest, schon gar nicht an solch eine Person.«

»Ach, Emily ...« Mr Shelby seufzte. »Das ist gewiss auch so, aber die Geschäfte stehen schlecht. Ich war gezwungen zwei unserer Sklaven zu verkaufen.«

»An diesen Schurken? Das ist nicht dein Ernst?«

»Es tut mir Leid, Emily ... Aber ich habe ihm Tom verkauft. Der Vertrag ist bereits unterschrieben.«

»Wie bitte, unseren Tom? Unseren treuesten Arbeiter? Der von Jugend an bei uns ist ... oh Arthur! Du hast ihm doch sogar seine Freiheit versprochen – wir beide haben ihm dies mehr als hundertmal versichert. Also, jetzt kann ich alles glauben, *jetzt* kann ich glauben, dass du imstande wärst, den kleinen Harry, das einzige Kind unserer Eliza, zu verkaufen.« Mrs Shelby war entrüstet und enttäuscht.

»Nun, da du es doch erfahren musst … Es ist tatsächlich so. Ich habe eingewilligt, Tom und Harry zu verkaufen. Ich weiß jedoch nicht, weshalb ich von dir gescholten werde, als wäre ich ein Unmensch. Andere verkaufen doch auch ihre Sklaven.«

»Aber warum ausgerechnet Tom und Harry?«

»Weil sie von allen Sklaven die höchste Summe einbringen, von allen außer Eliza. Für sie hat mir Haley ein überaus großzügiges Angebot gemacht … Aber wäre ihr Verkauf in deinem Sinn?«

»Natürlich nicht!«, rief Mrs Shelby entsetzt.

»Nun, ich habe auch keinen Augenblick daran gedacht, Eliza zu verkaufen, aus Rücksicht auf deine Gefühle. Dafür solltest du mich eigentlich loben.«

»Vergib mir, Lieber«, entgegnete Mrs Shelby, die sich nur allmählich wieder beruhigte. »Ich war auf diese Nachricht nicht gefasst, und du wirst mir doch gewiss erlauben, mich für diese armen Geschöpfe einzusetzen. Tom ist ein guter Mensch, ich glaube, dass er, wenn es nötig wäre, sein Leben für dich geben würde.«

»Ich weiß es, aber ich kann es nun mal nicht ändern.«

»Warum können wir nicht etwas anderes verkaufen? Ich bin bereit, auf vieles zu verzichten. Oh Arthur, ich habe mich immer bemüht, meine Pflicht gegenüber unseren Bediensteten zu erfüllen. Ich habe mich um sie gekümmert, sie unterrichtet, seit Jahren schon teile ich all ihre Sorgen und Freuden. Wie kann ich den anderen je wieder in die Augen sehen, wenn wir unseren besten und treuesten Arbeiter verkaufen und ihm damit alles, was wir ihn lieben und schätzen gelehrt haben, entreißen. Ich habe Eliza unseren Glauben gelehrt, und sie ist heute eine gute Mutter, die ihren Sohn zum Christen erzieht. Was soll ich ihr sagen, wenn du ihr den Jungen wegnimmst und ihn an einen dahergelaufenen Händler verkaufst? Ich habe ihr beigebracht, dass eine Seele mehr wert ist als alles Geld auf Erden. Was bedeuten meine Worte, wenn wir ihr Kind gegen Dollars eintauschen – und der Junge womöglich seines Lebens nicht mehr froh wird!«

»Ach, Emily, mir tut das auch sehr Leid«, sagte Mr Shelby, »und ich achte deine Gefühle, wenn ich auch nicht in jedem Punkt deiner Meinung bin. Aber ich sage dir, dass es nichts hilft ... Ich habe es dir nicht sagen wollen, Emily, aber ich hatte nur die Wahl zwischen dem Verkauf dieser beiden und dem Verkauf des ganzen Gutes. Entweder müssen sie gehen oder alle Übrigen. Ich habe sehr hohe Schulden gehabt, und Haley besaß einen Schuldbrief von mir. Ich habe einfach nicht so viel Geld zusammenbekommen, um ihn zu bezahlen. Wenn ich den Kaufvertrag nicht unterschrieben hätte, hätte Haley mir *alles* genommen. Emily, versteh doch. Er fand Gefallen an dem Kind, und ich war in seiner Macht.«

Mrs Shelby schlug die Hände vors Gesicht und jammerte. »Das ist Gottes Fluch, der auf der Sklaverei lastet! – Es ist eine grausame Zeit. Ich war so töricht zu denken, dass ich aus einem furchtbaren Übel etwas Gutes machen könnte. Es ist eine Sünde, Menschen zu Sklaven zu machen. Ich habe stets so gedacht, doch ich hatte gehofft, dass ich diese Ungerechtigkeit durch Güte, Fürsorge und Unterricht ausgleichen könnte. Wie dumm ich war!« Mrs Shelby griff nach ihrer goldenen Uhr. »Ich habe nicht viele Juwelen, aber ist diese Uhr nicht einiges wert? Wenn ich wenigstens Elizas Kind retten könnte, so würde ich alles, was ich besitze, opfern.«

»Emily, es würde nicht ausreichen«, sagte Mr Shelby ernst, »der Kaufvertrag ist unterzeichnet und in Haleys Händen, überhaupt können wir froh sein, dass es nicht noch schlimmer gekommen ist.«

»Ist er denn so rücksichtslos?«

»Nun, er ist ein Mann, der sich um die Sorgen anderer nicht schert, ihn interessieren sein Vorteil und sein Gewinn mehr.«

»Und dieser herzlose Mensch ist nun der Eigentümer des guten, treuen Tom und des kleinen Harry …«

»Auch mir fällt der Gedanke schwer, Emily. Haley wird die beiden morgen abholen. Ich werde Tom nicht in die Augen sehen können und in aller Frühe wegreiten. Du solltest mit Eliza ebenfalls das Gut verlassen und irgendwohin fahren. Sie sollte nicht dabei sein, wenn ihr Kind abgeholt wird.«

Mr und Mrs Shelby ahnten nicht, dass ihr Gespräch von Eliza belauscht worden war. Als Mrs Shelby Eliza zu Bett geschickt hatte, hatte diese sich nämlich im Nebenzimmer versteckt und durch eine Verbindungstür jedes Wort der Unterhaltung mit angehört.

Voller Entsetzen schlich sie schließlich leise in ihr Zimmer, das ein paar Türen weiter als das Schlafgemach ihrer Herrin lag. Dort lag der kleine Harry auf dem Bett und schlief. Die langen Locken waren ihm ins Gesicht gefallen, sein rosiger Mund stand leicht geöffnet, und die kleinen Hände ruhten auf der Bettdecke. Es sah aus, als würde er im Schlaf lächeln. Eliza überkam Wehmut. Sie dachte daran, dass sie sich hier zu Hause fühlte. Auf dem Gut bei den Shelby und besonders in ihrem kleinen Zimmer. Wie oft hatte sie an dem sonnigen Fenster singend gesessen und Nähereien verrichtet. Hier war ihre Heimat, hier war sie glücklich gewesen. Eliza trat an das Bett. »Hab keine Angst, mein Kleiner«, flüsterte sie und strich ihrem Jungen über den Kopf, »sie haben dich verkauft, aber deine Mutter wird dich retten.«

Eliza weinte nicht. In solch großer Not war keine Zeit für Tränen. Sie nahm ein Stück Papier und einen Stift und schrieb hastig ein paar Zeilen.

»Liebe Missis!

Halten Sie mich nicht für undankbar, denken Sie nicht schlimm von mir, aber ich habe alles gehört, was Sie und der Master heute Abend sagten. Ich kann nicht anders, ich muss versuchen, mein Kind zu retten. Ich weiß, Sie werden mich nicht tadeln. Gott segne und belohne Sie für all Ihre Güte.«

Eliza legte ein paar Sachen in ein Tuch und verknotete es. Trotz des Schreckens vergaß sie nicht, ein paar von Harrys Lieblingsspielsachen in das Bündel zu packen.

Es kostete sie einige Mühe, den schlafenden Jungen zum Erwachen zu bringen, aber schließlich richtete er sich auf.

»Wohin gehst du, Mutter?«, fragte er, als sie sich mit Hut und Schal über ihn beugte.

»Still, Harry«, sagte Eliza leise, »du darfst nicht laut sprechen.« Sie blickte Harry so eindringlich an, dass er sofort wusste, dass etwas geschehen war. »Ein böser Mann wird kommen, um den kleinen Harry zu holen. Aber das lasse ich nicht zu. Ich werde mit dir davonlaufen, damit der böse Mann dich nicht fangen kann.« Während sie zu ihm sprach, kleidete sie den Jungen an.

Kurz darauf nahm Eliza den Jungen auf den Arm und schlich mit ihm zur Tür, die auf die Veranda hinausführte, und verließ das Haus.

Es war eine frostige, sternenhelle Nacht, Eliza wickelte einen großen Schal um das Kind.

Bruno, ein großer, alter Neufundländer, der vor dem Haus schlief, erhob sich mit leisem Knurren, als Eliza in seine Nähe kam. Sie flüsterte seinen Namen, und das Tier wedelte freudig mit dem Schweif und folgte ihr.

Leise klopfte sie ans Fenster von Onkel Toms Hütte.

Da die Betstunde diesmal besonders lang gedauert hatte, waren Onkel Tom und Tante Chloe noch nicht im Bett, obwohl es schon recht spät war.

»Wer ist da?«, fragte Tante Chloe und zog hastig den Vorhang zur Seite. »Es ist Lizzy! Los, Tom, zieh dir deinen Rock über!« Tante Chloe ging zur Tür und öffnete Eliza. Im Schein des Lichts sah sie den verzweifelten Blick der jungen Frau. »O je, was ist passiert? Bist du krank, ist etwas mit Harry?«

»Ich muss fort von hier, Tante Chloe«, sagte Eliza. »Ich muss Harry fortschaffen, der Master hat ihn an einen Sklavenhändler verkauft.«

»Der Master hat ihn verkauft?« Tante Chloe und Onkel Tom waren gleichermaßen entsetzt.

»Ja, er hat ihn verkauft«, antwortete Eliza. »Ich habe mich heute Abend im Nebenzimmer zum Gemach der Herrschaften versteckt und gelauscht. Ich hörte, wie der Master sagte, er habe meinen Harry und dich, Onkel

Tom, an einen Händler verkauft. Der Master will morgen in aller Frühe wegreiten, und der Mann wird dich und Harry im Laufe des Tages abholen.«

Tom konnte nicht glauben, was er da hörte. Wie versteinert stand er da. Dann ließ er sich langsam auf einen Stuhl niedersinken und barg den Kopf in seinem Schoß.

»Das kann doch nicht wahr sein!«, rief Tante Chloe. »Was hat er getan, dass der Master ihn verkauft hat?«

»Er hat nichts getan, der Master möchte ihn auch nicht verkaufen, und die Missis habe ich für uns bitten hören. Aber der Master sagte ihr, dass es nicht helfe, er sei in der Schuld des Händlers, und wenn er ihn nicht so bezahle, so würde er ihm das Gut und alle Arbeiter dazu wegnehmen. Der Händler ist von der üblen Sorte. Ich sehe keinen anderen Weg, als zu fliehen. Wenn es nicht recht ist, was ich tu, so möge mir der Herr verzeihen.«

»Tom«, sagte Tante Chloe, »warum gehst du nicht auch? Willst du warten, bis du den Fluss hinab nach Süden gebracht wirst, wo man Schwarze wie uns mit schwerer Arbeit umbringt und sie verhungern lässt? Geh mit Lizzy fort. Ich packe deine Sachen.«

Tom hob seinen Kopf und sah seine Frau traurig, aber mit festem Blick an. »Nein, ich gehe nicht. Eliza soll gehen, sie hat das Recht dazu. Aber hast du nicht gehört, was sie gesagt hat. Wenn nicht *ich* verkauft werde, werden *alle Übrigen* verkauft. Das darf nicht sein. Also will ich mich verkaufen lassen. Ich werde es schon ertragen ...« Ein heftiges Schluchzen erschütterte für einen Moment seine Brust. Dann sprach er ruhig weiter. »Der Master konnte sich immer auf mich verlassen – ich habe sein Vertrauen nie enttäuscht und ich werde es auch in Zukunft nicht tun.« Mit diesen Worten wandte er sich zu dem Bettkasten um, in dem seine Kinder schliefen. Er bedeckte das Gesicht mit seinen großen Händen, denn die Tränen strömten nur so aus seinen Augen.

Nach einer Weile sagte Eliza: »Ich habe meinen lieben Mann heute Nachmittag gesehen, da wusste ich noch nicht, was kommen würde. Sein Master behandelt ihn schon lange grausam, und er hat mir heute gesagt, dass er nach Kanada fliehen will. Bitte sagt ihm, was geschehen ist und dass ich von hier weg musste. Ich versuche ebenfalls, Kanada zu erreichen.« Sie wandte sich für einen Augenblick ab und fügte dann mit tränenerstickter Stimme hinzu: »Sagt George, dass er so gut sein soll, wie er kann, damit ich ihn womöglich im Himmelreich wiedertreffe. Und nun haltet Bruno bei euch, damit er mir nicht folgt.«

Vorsprung für Eliza

Mr und Mrs Shelby schliefen am nächsten Morgen etwas länger als gewöhnlich.

»Ich möchte wissen, wo Eliza steckt«, sagte Mrs Shelby, nachdem sie wiederholt vergeblich nach ihr geklingelt hatte.

In diesem Augenblick öffnete sich die Tür, und ein farbiger Knabe trat ein, der Mr Shelby das Rasierwasser brachte.

»Andy, geh zu Eliza und sag ihr, dass ich bereits dreimal nach ihr geklingelt habe. Das arme Geschöpf«, fügte sie mit einem tiefen Seufzer noch hinzu.

Andy kehrte kurz darauf aufgeregt zurück. »Missis, Lizzys Schubfächer stehen alle offen, und überall im Zimmer liegen verstreut Sachen von ihr und Harry.«

Mr Shelby und seine Gattin ahnten sofort, was das zu bedeuten hatte. Mr Shelby rief: »Dann hat sie wohl vermutet, was sich heute zutragen sollte, und sich davon gemacht!«

»Ein Glück«, sagte Mrs Shelby. »Ich hoffe, dass sie sich und Harry in Sicherheit bringt.«

»Du weißt nicht, was du da sagst!«, rief Mr Shelby empört. »Es kann sehr unangenehm für mich werden, wenn sie tatsächlich geflohen ist. Haley denkt womöglich, ich wollte ihn betrügen. Es geht auch um meine Ehre!« Mit diesen Worten verließ Mr Shelby hastig das Zimmer.

Etwa eine Viertelstunde lang wurde im Haus und in der Nähe des Hauses jeder Winkel abgesucht. Chloe und Tom, die einzigen Personen, die wussten, dass Eliza längst nicht mehr auf dem Gut war, schwiegen. Stumm und freudlos ging Chloe an diesem Morgen in die Küche, um das Frühstück zu bereiten.

Wenig später saßen ein Dutzend schwarze Jungen wie Krähen auf dem Verandageländer, denn jeder von ihnen wollte der Erste sein, der dem fremden Master über den Vorfall in Kenntnis setzte. Die Schadenfreude stand den Kindern ins Gesicht geschrieben.

Als Haley endlich angeritten kam, hörte er von jedem, der ihn grüßte, auch sogleich die Nachricht von Elizas Flucht. Zur Freude der Jungen fluchte der Sklavenhändler und schimpfte laut. Da er dabei auch seine Reitpeitsche knallen ließ, stoben die Kinder auseinander. In sicherer Entfernung wälzten sie sich jedoch lachend auf dem frostigen Rasen.

Mr Haley betrat das Haus und ging unangemeldet ins Speisezimmer, wo Mr und Mrs Shelby beim Frühstück saßen. »Shelby, was ist das für eine merkwürdige Geschichte, die mir da zu Ohren gekommen ist? Das Mädchen soll mit dem Kleinen fort sein«, sagte er, ohne zu grüßen. »Ich hoffe doch sehr, es ist nicht mehr als ein Gerücht!«

»Andy, nimm Mr Haley den Hut und die Reitpeitsche ab«, sagte Mr Shelby zu dem Jungen, der gleich hinter dem Händler den Raum betreten hatte. Zu Haley gewandt sagte er: »Setzen Sie sich doch erst mal, Sir. Leider handelt es sich nicht bloß um ein Gerücht. Zu meinem Bedauern scheint das Mädchen in der Nacht mit seinem Kind auf und davon zu sein.«

Der Sklavenhändler sah Mr Shelby erbost an. »Ich habe in dieser Sache ein ehrliches Spiel erwartet, Sir«, sagte er zu ihm.

»Nun, Sir«, sagte Mr Shelby in scharfem Ton, »was wollen Sie damit sagen? Wenn irgendjemand meine Ehre in Zweifel zieht, so habe ich für ihn nur eine einzige Antwort.« Er blickte dem Händler fest in die Augen. »Mr Haley«, sagte er nun in gemäßigterem Ton, »wenn ich nicht wüsste, dass Sie Grund zum Unmut hätten, so würde ich Ihr unhöfliches Eindringen in mein Haus nicht dulden. Doch ich fühle mich verpflichtet, Ihnen jede mögliche Hilfe in dieser Angelegenheit zukommen zu lassen. Ich werde Ihnen so viele Pferde und Diener leihen, wie sie es für nötig halten, damit Sie sich Ihr Eigentum wiederverschaffen können.« Dann fügte er freundlich hinzu: »Es wird für Sie das Beste sein, Ihre gute Laune zu bewahren und bei uns zu frühstücken, währenddessen werden wir sehen, was sich weiter tun lässt ...«

Der Sturz eines Premierministers kann kein größeres Aufsehen erregen als der Bericht von Onkel Toms Schicksal unter seinen Dienstgenossen. Elizas Flucht, auf dem Gut ein beispielloses Ereignis, sorgte für große Aufregung. Im Haus und bei der Arbeit auf dem Feld wurde an diesem Morgen über nichts anderes geredet.

Der schwarze Sam, wie er allgemein genannt wurde, weil er schwärzer war als alle anderen Schwarzen auf dem Gut, überlegte sich an diesem Morgen Folgendes, während er sich ankleidete: Tom gilt als der beste Arbeiter, doch ist er erst mal weg, wird sein Platz frei. Warum soll ich nicht zu seiner Position aufsteigen? Wie Tom mit geputzten Stiefeln und ohne Aufsicht durch die Gegend zu reiten, das würde mir gefallen.

»Hallo, Sam, der Master ruft nach dir! Du sollst Bill und Jerry von der Weide holen und satteln!«, rief Andy, der den Kopf in Sams Zimmer steckte.

»Was ist los, Junge? Warum so aufgeregt?«

»Weißt du nicht, dass sich Lizzy davongemacht hat? Sie und Harry sind verschwunden.«

»Will das Ei klüger sein als die Henne?«, fragte Sam und maß Andy mit einem abfälligen Blick. »Natürlich weiß ich das längst.«

»Dann komm, du und ich sollen mit Mr Haley Eliza suchen.«

»Das ist recht, dass der Master mich ruft«, sagte Sam. »Ich werde mein Bestes tun, um sie zu fangen. Der Master wird schon sehen, was er an mir hat.«

»Oh Sam«, sagte Andy daraufhin empört, »überlege dir gut, was du tust. Die Missis wünscht nämlich nicht, dass Eliza gefangen wird.«

»Was!«, rief Sam. »Woher weißt du das?«

»Ich habe gehört, wie sie eben mit Master Shelby sprach, als ich ihm das Rasierwasser brachte. Der Master war zwar nicht ganz ihrer Meinung, doch sie wird ihn schon noch umstimmen. Es ist jedenfalls immer besser, auf der Seite der Missis zu stehen.«

Der schwarze Sam kratzte sich eine Weile unschlüssig am Kopf. »Ich hätte gedacht, dass die Missis, um Lizzy wiederzubekommen, jeden erdenklichen Ort auf der Welt durchsuchen lassen würde«, sagte er nachdenklich.

»Das würde sie auch«, antwortete Andy, »aber es geht doch um Harry. Die Missis will nicht, dass Master Haley ihn erhält.«

»Natürlich, um Harry geht es«, sagte Sam schnell.

»Also, worauf wartest du dann noch?«, fragte Andy. »Du solltest dich jetzt lieber schleunigst auf den Weg nach den Pferden machen, der Master hat schon ein paar Mal nach dir gerufen.«

Es verging nicht viel Zeit, bis Sam die beiden Pferde, Bill und Jerry, vors Haus führte. Als sie in der Nähe von Haleys Pferd, einem feurigen jungen Tier, zu stehen kamen, schlug dieses heftig aus.

»Hoho«, machte Sam. »Bist du etwa empfindlich?« Er grinste plötzlich verschlagen. »Da hab ich was für dich …«

Vor dem Haus stand eine große Buche, und auf dem Boden in ihrem Schatten lagen überall dreieckige und scharfkantige Bucheckern verstreut. Sam hob eine der Früchte auf und näherte sich vorsichtig dem Pferd von Mr Haley. Er streichelte und klopfte es und redete beschwichtigend auf es ein. Nebenbei ließ er unbemerkt die Buchecker unter dem Sattel verschwinden, sodass nun der geringste Druck das empfindliche Tier unruhig machen musste. Die Buchecker würde dem Tier jedoch keinerlei Schaden zufügen, da war er sich sicher. »So«, sagte er und lachte leise, »jetzt wirst du Master Haley sicher nicht so gern auf dem Rücken tragen, wenn er Lizzy und Harry nachreitet.«

In diesem Augenblick erschien Mrs Shelby auf der Veranda und winkte Sam herbei.

Sam ging zu ihr hin.

»Weshalb hast du so lange gebraucht, Sam? Hat Andy dir nicht gesagt, dass Eile geboten ist.«

»Doch, doch, Missis«, antwortete Sam. »Aber ich konnte die Pferde nicht schneller einfangen. Sie waren auf der Südweide, weit vom Haus entfernt.«

»Nun gut, Sam. Du sollst Mr Haley auf der Suche nach Harry begleiten. Sei vorsichtig mit den Pferden, du weißt, dass Jerry vergangene Woche leicht lahmte. Reite also nicht zu schnell, hörst du!« Den letzten Satz sprach Mrs Shelby mit deutlichem Nachdruck.

»Schon verstanden, Missis«, entgegnete Sam und nickte ihr zu. »Ich werde die Pferde gewiss nicht zu schnell laufen lassen.«

Nachdem Mrs Shelby wieder im Haus verschwunden war, kam Andy zu Sam in den Schatten unter die Buche.

»Es würde mich nicht wundern, wenn der Gaul des fremden Masters ausschlüge, sobald er aufsitzen will. Du weißt doch, Andy, Pferde tun das mitunter.« Sam grinste.

»Ach ja?«, fragte Andy, grinste dann aber ebenfalls.

»Ja, siehst du, Andy, die Missis möchte Zeit gewinnen, und wir wollen ihr dabei ein wenig helfen. Sobald Master Haley aus der Tür tritt, gehst du zu unseren Pferden und bindest sie los. Für alles Weitere ist gesorgt. Der Master wird nicht so schnell fortkommen, wie er es wünscht.«

Andy blickte Sam neugierig an.

Sam setzte fort: »Wenn es sich zutragen sollte, dass Master Haleys Pferd unruhig würde und er es nicht halten könnte, so müssten wir ihm zur Hilfe eilen und unsere Pferde allein lassen, nicht wahr?«

Nun hatte Andy verstanden, und die beiden lachten leise.

In diesem Augenblick öffnete sich die Tür. Vermutlich durch einige Tassen sehr guten Kaffees einigermaßen besänftigt, stand Mr Haley lächelnd im Türrahmen. Sam und Andy sprangen auf und liefen zu den Pferden hinüber, die an den Pfosten gebunden waren.

»Beeilt euch, Burschen!«, rief Mr Haley. »Wir haben keine Zeit zu versäumen.«

»Wir sind bereit, Master«, antwortete Sam, lief zu Mr Haley hinüber, reichte ihm die Zügel und hielt ihm den Steigbügel, während Andy die anderen beiden Pferde losband.

In dem Moment, als sich Haley auf dem Sattel niederließ, buckelte das feurige Tier mit einem plötzlichen Satz in die Höhe und warf seinen Herrn in hohem Bogen ab. Sam schrie auf und griff nach den Zügeln des Pferdes, das ihn jedoch ebenfalls zu Boden stieß. Das Tier schnaubte verächtlich, schlug hinten aus und galoppierte zum unteren Ende des Rasenplatzes, wohin ihm Bill und Jerry folgten. Nachdem Mr Haley und Sam wieder auf die Beinen gekommen waren, folgte ein großes Durcheinander. Sam und Andy liefen rufend hinter den Pferden her, Hunde bellten, sämtliche Jungen und Mädchen, die auf dem Gut arbeiteten, kamen herbeigeeilt, rannten über den Rasen, klatschten schreiend in die Hände und verfolgten mit übermäßigem Eifer die flüchtenden Tiere.

Haleys Pferd schien an der Sache außerordentlich Gefallen zu finden, und da es einen Rasenplatz von beinahe einer halben Meile Länge vor sich hatte, der am Rand in ein Waldgebiet überging, machte es sich ein Vergnügen daraus, seine Verfolger möglichst nahe herankommen zu lassen, um – kurz bevor sie seine Zügel ergreifen konnten – schnaubend und mit einem Seitensprung vor ihnen davonzujagen. Nach einer Weile verschwand das Tier zwischen den Bäumen.

Nichts lag Sam ferner, als die Pferde schnell einzufangen, und dementsprechend waren seine Bemühungen.

Mr Haley lief indes vor dem Haus fluchend auf und ab und stampfte immer mal wieder wütend mit den Füßen auf. Mr Shelby schrie vergeblich vom Balkon Befehle herab, und Mrs Shelby, die am Fenster ihres Zimmers stand, lachte vergnügt, denn sie ahnte, wozu das Durcheinander angezettelt worden war.

Endlich – es mochte mittlerweile etwa zwölf Uhr sein – kam Sam auf Jerry sitzend aus dem nahen Wald herangeritten. An seiner Seite führte er Haleys Pferd, das von Schweiß triefte, dessen blitzende Augen und weit offene

Nüstern jedoch bewiesen, dass sein Freiheitsgeist noch nicht gebändigt war. »Es ist gefangen!«, rief Sam jubelnd. »Wenn ich es nicht am Zügel gepackt hätte, würden sich die anderen noch immer die Seele aus dem Leib laufen.«

»Du!«, knurrte Haley, »wenn du nicht gewesen wärst, wäre dies gar nicht erst so weit gekommen.«

»Ach Master«, antwortete Sam in einem Tonfall, der tiefste Betrübnis ausdrücken sollte, »ich bin doch gelaufen und gerannt, dass mir der Schweiß jetzt noch den Rücken hinabläuft.«

»Schon gut«, sagte Haley, »durch dein nutzloses Hin- und Hergerenne haben wir beinahe drei Stunden verloren. Jetzt wollen wir uns endlich auf den Weg machen und den Unsinn sein lassen.«

»Master Haley«, erwiderte Sam nun ernst, »Sie wollen uns und die Pferde doch nicht umbringen? Wir sind alle zum Umfallen müde und die Tiere triefen von Schweiß. Sie können nicht wirklich daran denken, jetzt gleich aufzubrechen. Ihr Pferd muss auch dringend geputzt werden. Sehen Sie nur, wie es sich bespritzt hat. Und Jerry hinkt. So wird uns die Missis bestimmt nicht fortlassen! Wir werden die verlorene Zeit schon wieder aufholen. Lizzy ist noch nie gut zu Fuß gewesen.«

Mrs Shelby, die dem Gespräch von der Veranda aus zugehört hatte, sprach Haley nun höflich ihr Bedauern über seinen Unfall aus und drängte ihn, zum Mittagessen zu bleiben. Dann ließ sie der Köchin ausrichten, sie möge so rasch wie möglich das Essen auftragen.

Nach einigem Murren folgte Haley den Shelbys ins Speisezimmer, während Sam hinter seinem Rücken eine schadenfrohe Grimasse schnitt und dann die Pferde in den Stall führte.

Krachendes Eis auf dem Ohio

Es hatte wohl nie zuvor einen trostloseren Menschen gegeben als Eliza, die mit ihrem Kind auf dem Arm von Onkel Toms Hütte und von dem Gut, ihrem Zuhause, forteilte. Jeder Schritt auf dem gefrorenen Boden erzeugte ein knarrendes Geräusch. Jedes zitternde Blatt, jeder Schatten vergrößerte Elizas Angst und ließ sie schneller werden. Ihre bleichen Lippen formten immerzu die Worte »Hilf mir, Herr, rette mich …«

Das Kind auf ihrem Arm schlief.

Bald hatte sie die Grenzen des Gutes überschritten, und sie hetzte an dem nahe gelegenen Wald vorbei. Sie ruhte nicht eher, bis sich der rötliche Morgenhimmel zeigte. Da war sie meilenweit vom Gut entfernt auf einer offenen Landstraße.

Ihr Plan war, über den Ohio zu fliehen. Eliza kannte den Weg dorthin gut, denn sie war oft mit ihrer Herrin in einer kleinen Stadt unweit des Flusses gewesen.

Je heller es wurde, desto mehr Wagen und Pferde begegneten ihr auf der Landstraße, und Eliza befürchtete durch ihre schnellen Schritte aufzufallen. Sie blieb stehen, ließ den Jungen vom Arm und ordnete zunächst ihre, dann seine Kleider und ging schließlich gemächlicher weiter. Doch Harry hatte, wie es bei Kindern häufig ist, anderes im Sinn, als weiterzukommen. Eliza fürchtete nun zu langsam zu werden. Deshalb holte sie aus ihrem Bündel, in das sie auch einen Vorrat an Kuchen und Äpfeln gepackt hatte, eine der Früchte und ließ sie wiederholte Male einige Meter vorausrollen, was Harry dazu antrieb, hinter dem Apfel herzulaufen, und es sah aus wie ein Spiel. So kamen sie zügig weiter.

Nach einiger Zeit erreichten sie eine dicht bewaldete Gegend, durch die ein klarer Bach rieselte. Da Harry über Hunger und Durst klagte, setzte sich Eliza mit ihm gut versteckt hinter ein großes Felsstück und gab dem Kind etwas Kuchen. Der Knabe wunderte sich, dass seine Mutter selbst keinen Bissen zu sich nahm, und wollte ihr ein Stück von dem Kuchen in den Mund schieben. Doch Eliza sagte: »Nein, nein, lieber Harry, ich kann jetzt nicht essen! Komm, wir müssen weiter, wir müssen zum Fluss, solange noch die Fähre fährt.«

Kurz darauf eilten sie zurück auf die Straße und setzten ihren Weg fort.

Inzwischen waren Eliza und Harry mehrere Meilen von dem Gut der Shelbys entfernt. Womöglich half der jungen Frau, unbehelligt vorwärts zu kommen, dass sie beinahe weiß war, denn so hielt man sie nicht für eine entflohene Sklavin.

Um die Mittagszeit machte sie vor einem hübschen Farmhaus Rast. Müde und hungrig wollte sie sich eine Weile ausruhen und etwas zum Mittagessen für sich und ihr Kind kaufen.

Die freundliche Bäuerin, die aus dem Haus trat, schien sich über Gäste zu freuen. Sie begann mit Eliza zu plaudern. Doch schon bald brachen die Mutter und ihr Kind wieder auf und erreichten eine Stunde vor Sonnenuntergang müde und mit wunden Füßen die kleine Stadt am Ohio. Elizas erster Blick richtete sich auf den Fluss und das Land auf der anderen Seite, das ihre Freiheit bedeutete.

Auf dem Wasser trieben viele große und kleine Eisschollen. Eliza stand am Ufer und betrachtete sie einen Augenblick lang. Sie fragte sich, ob die Fähre zwischen Kentucky und Ohio, jenseits des gleichnamigen Flusses, überhaupt in Betrieb war. Sie ging in ein kleines Wirtshaus am Ufer, um nach der Fähre zu fragen.

Die Wirtin, die mit dem Abendessen beschäftigt war, wandte sich um, als Eliza in die Stube trat.

»Gibt es eine Fähre oder ein Boot, das mich und mein Kind über den Fluss bringen kann?«, fragte Eliza.

»Nein, die Boote fahren heute nicht mehr«, sagte die Frau. Sie sah Eliza an und bemerkte ihren ängstlichen Blick. Forschend fragte sie: »Sie möchten wohl dringend hinüber? Ist jemand krank? Haben Sie Angst?«

»Ich habe ein Kind, das in großer Gefahr schwebt«, sagte Eliza. »Ich habe es erst gestern Abend gehört und bin heute eine große Strecke weit gegangen, weil ich hoffte, die Fähre noch zu erreichen.«

»Die letzte Fähre ist längst weg«, meinte die Frau. »Das tut mir wirklich Leid.« Doch dann lief sie ans Fenster und öffnete es. »Salomo!«, rief sie hinaus, und kurz darauf blickte ein Mann in einer Lederschürze zur Tür herein.

»Salomo, wird der Nachbar die Fässer noch heute Abend hinüberschaffen?«, fragte sie den jungen Mann.

»Er hat gesagt, dass er es versuchen will.«

»Ein Stück flussabwärts wohnt ein Mann, der noch heute Abend mit Waren hinüber will«, erklärte sie nun zu Eliza gewandt. »Er wird zum Abendessen herkommen … Du bist ein hübsches Bürschchen«, fügte sie schließlich hinzu und bot Harry von ihrem Essen an.

Doch dieser war so erschöpft, dass er vor Müdigkeit zu weinen begann.

»Er ist das lange Laufen nicht gewöhnt, und ich habe ihn sehr angetrieben«, sagte Eliza entschuldigend.

»Nun, bring ihn in das Zimmer dort«, meinte die Wirtin und zeigte auf eine Tür. Dahinter lag ein kleines Gästezimmer mit einem Bett.

Eliza legte den müden Jungen hin und hielt seine Hände in den ihren, bis er fest eingeschlafen war. Sie selbst konnte trotz ihrer Müdigkeit kein Auge zutun. Der Gedanke an die Verfolger hielt sie wach. Immer wieder blickte sie aus dem Fenster und auf den winterlichen Fluss, der zwischen ihr und der Freiheit lag.

Obgleich Mrs Shelby angeordnet hatte, dass das Mittagessen so rasch wie möglich auf den Tisch kommen sollte, zeigte sich doch bald, dass allein ihr Wort nicht reichte. Dabei war ihr Befehl im Beisein von Mr Haley ausgesprochen und von einem halben Dutzend jugendlicher Boten an Tante Chloe weitergeleitet worden. Doch die Oberköchin gab nur einige mürrische Laute von sich und unternahm jeden Handgriff ungewöhnlich langsam.

Auch unter der anderen Dienerschaft sprach sich herum, dass die Missis nicht erzürnt sein würde, wenn sich die Mittagsspeise hinauszögere, und immer neue Missgeschicke ereigneten sich, die den gewöhnlichen Lauf der Dinge ausdehnten.

Ein Helfer in der Küche ließ zum Schluss noch den Topf mit der Bratenbrühe fallen, sodass neue gemacht werden musste, wobei Tante Chloe die Aufsicht führte, und auf die Hinweise, sich doch möglichst zu beeilen, die kurze Antwort gab, dass sie keine Lust habe, eine schlechte Brühe auf den Tisch zu bringen.

Von Zeit zu Zeit wurde kichernd die Nachricht in die Küche gebracht, dass Mr Haley keine Ruhe auf seinem Stuhl habe, sondern beständig im Zimmer umhergehe.

»Das geschieht ihm recht«, sagte Tante Chloe grimmig mit einer erhobenen Gabel in der Hand. »Er hat schon so vielen Menschen großen Kummer gebracht …«

Schließlich trugen einige der Diener das Essen im Speisesaal auf, und die Shelbys sowie Mr Haley nahmen mit einiger Verspätung das Mittagsmahl ein.

Nach dem Essen klingelten die Herrschaften nach Tom, der sogleich ins Speisezimmer eilte.

»Tom«, sagte Mr Shelby freundlich, »ich habe mich gegen diesen Herrn mit tausend Dollar dafür verbürgt, dass du zur Stelle sein wirst, wenn er es verlangt. Er wird sich heute jedoch noch anderen Geschäften widmen, sodass du den Tag für dich nutzen kannst.«

»Vielen Dank, Master«, sagte Tom.

»Ich warne dich«, sagte nun der Händler, »versuche nicht, mich hinters Licht zu führen, dann werde ich Master Shelby all sein Geld bis auf den letzten Cent abnehmen.«

»Master«, sagte Tom, »ich war gerade acht Jahre alt, als die Missis Sie in meine Arme legte und Sie noch kein Jahr alt waren. Sie sagte ›Tom, das wird mal *dein* Master sein, habe Acht auf ihn.‹ Und jetzt frage ich Sie, Master, ob ich jemals mein Wort, das ich gab, gebrochen habe oder ungehorsam gewesen bin?«

Mr Shelby war von den Worten tief gerührt und Tränen stiegen ihm in die Augen. »Mein guter Bursche«, sagte er, »du sprichst die Wahrheit, und wenn ich imstande wäre, es zu ändern, so würde ich dich um die ganze Welt nicht verkaufen.«

»Und *ich* verspreche dir«, fügte Mrs Shelby hinzu, »dass wir dich zurückkaufen werden, sobald wir die nötigen Mittel zusammenbringen können. Sir, schreiben Sie mir, an wen Sie unseren Tom verkaufen.«

»Das will ich tun«, antwortete der Händler, »vielleicht werde ich ihn schon in einem Jahr zurückbringen und ihn an Sie verkaufen.«

»Dann werde ich mit Ihnen handeln, und es soll Ihr Nachteil nicht sein«, sagte Mrs Shelby.

»Ein gutes Geschäft reizt mich immer«, gab der Händler zurück, »ob flussaufwärts oder -abwärts, das ist mir einerlei.«

Um vierzehn Uhr führten Sam und Andy die Pferde vors Haus.

»Euer Master hält wohl keine Hunde?«, fragte Haley nachdenklich, als er sich zum Aufsitzen anschickte.

»Doch, doch«, erwiderte Sam. »Sehen Sie dort, das ist Bruno, ein kräftiges Kerlchen, und außerdem hält noch jeder von uns Negern einen.«

»Aber euer Master hält keine Hunde, um Neger aufzuspüren?«

Sam wusste recht gut, welche Sorte Hunde Haley meinte, aber er tat weiterhin einfältig. »Alle unsere Hunde haben einen guten Spürsinn. Sie sind die besten in der ganzen Gegend. Hierher, Bruno!«, rief er und pfiff noch zusätzlich nach dem schwerfälligen Neufundländer, der kurz darauf freudig auf die Männer zusprang.

»Vergiss es«, sagte Haley und stieg auf sein Pferd. »Los jetzt, auf die Pferde!«, rief er energisch.

Sam sprang dem Befehl gemäß auf. Doch bevor sie losritten, kitzelte er Andy heimlich und mit einem geschickten Handgriff, sodass dieser in lautes Lachen ausbrach. Haley war darüber entrüstet und hieb beinahe mit der Reitpeitsche nach ihm.

»Andy«, sagte Sam mit gespieltem Nachdruck, »dies ist ein ernsthaftes Geschäft. Du musst nicht denken, dass es ein Spaß ist.«

»Die Ausreißerin ist bestimmt zum Fluss gelaufen. Am besten wir schlagen den direkten Weg dorthin ein«, sagte Haley, als sie an der Grenze des Gutes zum Wald angelangt waren.

»Master Haley, Sie haben sicher den Nagel auf den Kopf getroffen«, sagte Sam, »aber es gibt zwei Straßen, die zum Fluss führen, einen Pfad durch den Wald und die Landstraße. Ich bin überzeugt, dass Lizzy den Pfad eingeschlagen hat. Dort begegnet man weniger Menschen.«

Der Händler zögerte. Er misstraute Sam und Andy.

»Natürlich«, fuhr Sam fort, »kann der Master tun, was er will, er kann den direkten Weg über die Landstraße nehmen oder den einsamen Waldweg, je nachdem, welchen er für den besseren hält ... Uns ist es egal.«

»Sicher hat das Mädchen den einsamen Weg eingeschlagen«, bemerkte Haley verunsichert.

»Das *muss* nicht so sein«, meinte Sam nun, »vielleicht ist sie doch eher auf der Landstraße zum Fluss.«

Haley sagte entschieden, dass er den Pfad einschlagen werde, und fragte Sam, wann sie denselben erreichen würden.

»Gleich dort«, antwortete Sam und deutete nach vorn. Er blinzelte Andy dabei heimlich zu und log dann mit ernsthafter Miene: »Wenn ich noch mal drüber nachdenke, bin ich überzeugt, dass wir nicht den Waldweg nehmen sollten, Master Haley. Ich bin ihn nämlich noch nie zuvor geritten, und er soll wirklich sehr einsam sein, wir könnten uns verirren.«

»Wir reiten diesen Weg trotzdem«, sagte Haley bestimmt.

»Ich meine auch, dass der Weg unten am Bach versperrt ist ...«

Je mehr Einwände Sam brachte, desto sicherer wurde sich der Händler, dass er den einsamen Waldweg nehmen wollte. So hatte es sich der Schwarze erhofft, und sobald sie an der Abzweigung ankamen, wo sich die Wege trennten, schlug Haley zum Pfad ein. Es war ein alter, schmaler Weg, den die Menschen aus der Umgebung früher benutzt hatten, um zum Fluss zu gelangen. Doch seitdem die Landstraße gebaut worden war, lag der Weg brach. Etwa eine Stunde lang konnten sie ungehindert reiten. Sam ritt nun mit der Miene pflichtschuldiger Unterwürfigkeit voraus und stöhnte nur zuweilen, dass der Boden verteufelt schlecht für Jerrys Füße sei.

»Hör zu«, sagte Haley, »ich weiß, was du beabsichtigst, aber du wirst mich mit all deinen Klagen nicht von diesem Weg abbringen, also beruhige dich.«

»Der Master muss seinen Willen haben«, antwortete Sam und blickte ihn ergeben an.

Sam hielt fortwährend Ausschau nach Eliza. Plötzlich rief er, dass er den Hut einer Frau auf dem Gipfel einer fernen Anhöhe zu sehen meine, im nächsten Moment fragte er Andy mit Blick in ein Tal, ob dort nicht Lizzy unterwegs sei. Doch stets, wenn er solche Ausrufe tat, befanden sich die drei Reiter auf einem unebenen Weg, der keine Beschleunigung erlaubte. Haley blieb durch Sams trickreiches Treiben jedoch beständig in hoffnungsvoller Zuversicht, auf dem richtigen Weg zu sein.

Nach etwa einer Stunde standen sie vor einem hohen Zaun, und es gab keine Möglichkeit die Richtung beizubehalten.

»Ist es nicht gerade so, wie ich es dem Master gesagt hatte?«, fragte Sam scheinbar beleidigt.

»Du Halunke«, sagte Haley, »du hast es nur zu gut gewusst.«

»Ich habe Ihnen doch gesagt, was ich wusste, Master. Sie aber wollten mir nicht glauben. Ich habe gesagt, dass der Weg versperrt sein kann.«

Der Sklavenhändler konnte nichts mehr einwenden, schluckte seinen Zorn herunter, und die drei schwenkten zur Landstraße hinüber.

Ungefähr fünfzig Minuten kostete die Reiter dieser Umweg.

Erst am späten Nachmittag erreichten Haley, Sam und Andy das Wirtshaus, in dem Eliza ihren Jungen kurz zuvor schlafen gelegt hatte. Sie stand am Fenster und blickte zum anderen Flussufer hinüber, als Sams scharfes Auge sie trotz der Entfernung erkannte. Haley und Andy ritten nur wenige Meter hinter ihm. Da richtete Sam es so ein, dass der Wind ihm den Hut vom Kopfe wehte, woraufhin er einen lauten Ausruf kund tat. Eliza zog sich vom Fenster zurück, bevor die Reiter daran vorbeiritten.

Eliza nahm indes ihren Jungen und verließ durch eine Seitentür das Wirtshaus. Doch ehe sie zum Ufer verschwinden konnte, erblickte sie der Sklavenhändler. Er sprang von seinem Pferd, rief Sam und Andy laut zu, sie sollen ihm folgen, und machte sich hinter Eliza her wie ein Hund auf der Jagd.

Es schien, als ob Elizas Füße kaum den Boden berührten, so schnell lief sie zum Ufer hinunter. Die Verfolger waren ihr dennoch dicht auf den Fersen. Die Verzweiflung war es wohl, die Eliza solchen Mut verlieh, dass sie mit einem gellenden Schrei über das trübe Wasser am Ufer auf die erstbeste Eisscholle sprang.

Haley, Sam und Andy stießen nun ebenfalls Schreie aus, als sie Elizas ungeheuren Satz durch die Luft sahen.

Die grünlich schimmernde Eisscholle, auf der Eliza gelandet war, schwankte und knarrte, aber die junge Frau verweilte nicht, sondern flog auf die nächste zu und immer weiter. Den Jungen auf dem Arm strauchelte sie bei jeder Landung, setzte jedoch gleich wieder zum Sprung an, selbst nachdem sie einen ihrer Schuhe verloren hatte, die Strümpfe von den Füßen gerissen waren und sie Blutspuren auf den Eisschollen hinterließ. Sie schien nichts anderes zu fühlen, als die große Angst vor dem Sklavenhändler. Endlich erreichte sie das andere

Ufer. Ein freundlicher Mann half ihr an Land. Kentucky lag hinter ihr, Eliza hatte Ohio erreicht.

»Du bist ein tapferes Mädchen«, sagte der freundliche Helfer.

Eliza erkannte die Stimme und das Gesicht eines Mannes, der ein unfern von ihrer Heimat gelegenes Gut besaß.

»Oh Mr Symmes!«, rief Eliza, »retten Sie mich, verstecken Sie mich.«

»Bist du nicht ...« – der Mann stutzte – »wahrhaftig, du bist eins von Shelbys Mädchen.«

»Master Shelby hat mein Kind verkauft, sehen Sie, diesen herrlichen Knaben! Dort drüben ist sein Master.« Eliza deutete zum Ufer der anderen Seite hinüber. »Oh Mr Symmes, Sie haben doch selbst auch einen kleinen Knaben. Sie müssen doch verstehen ...«

»Du hast Recht, ich habe auch einen Knaben«, sagte Mr Symmes. »Ich würde gern etwas für dich tun«, sagte er, »aber ich wüsste nicht, wohin ich dich bringen könnte. Das Beste, was ich tun kann, ist, dass ich dir sage, *dorthin* zu gehen.« Er zeigte auf ein großes weißes Haus in der Nähe des Ufers, das etwas abseits stand. »Geh dorthin, die Menschen dort sind gute Menschen – sie werden dir sicher helfen.«

»Gott segne Sie«, sagte Eliza dankbar.

»Es ist gern geschehen«, sagte Mr Symmes.

»Oh Sir, Sie werden mich doch nicht verraten?«

»Aber Mädchen! Wofür hältst du mich? Mach dich lieber auf den Weg, statt solch dummes Zeug zu reden. Du hast deine Freiheit verdient, da bin ich mir sicher.«

Eliza drückte ihr Kind fest an sich und eilte auf das Haus zu.

Haley hatte wie versteinert dagestanden und zugesehen, wie Eliza allmählich aus seinem Blick verschwand. Dann hatte er sich nach Sam und Andy umgewandt. »Das Mädchen hat sieben Teufel im Leib!«, rief Haley. »Sie sprang wie eine wilde Katze.«

»Nun«, meinte Sam und kratzte sich am Kopf, »ich hoffe, dass der Master nicht verlangen wird, dass wir den gleichen Weg nehmen.« Er konnte sein dumpfes Kichern nicht verbergen.

»Du lachst«, knurrte der Händler.

»Entschuldigen Sie, Master«, sagte Sam, er konnte seine Freude nicht länger zurückhalten. Deshalb suchte er nach einer Ausrede. »Lizzy sah zu komisch aus, als sie über das Eis flog ...« Sam und Andy lachten vor Freude so sehr, dass ihnen die Tränen in Strömen über die Wangen liefen.

Der Sklavenhändler hob die Peitsche, doch Sam und Andy rannten, so schnell sie konnten, vom Ufer zu ihren Pferden. Bevor Haley sie bestrafen konnte, sprangen sie auf die Pferde und galoppierten lachend davon.

Eliza und ihr Kind waren im Abendnebel verschwunden, und der angeschwollene Fluss lag wie ein unüberwindliche Schranke zwischen Haley und den beiden. Der Sklavenhändler kehrte daher grimmig in das kleine Wirtshaus ein.

Während er in dem Schankraum saß und darüber nachdachte, wie er weiter vorgehen konnte, polterten einige Männer in die Wirtsstube. Der eine, ein muskulöser Mann von sechs Fuß Höhe und staunenswerter Breite, trug einen Rock aus Büffelfell, der ihm ein wildes Aussehen verlieh. Sein Reisegefährte war ein gelenkiger Kerl mit stechenden schwarzen Augen und spärlichem Haar. Er machte den Eindruck, ein guter Späher zu sein, wohl auch, weil seine dünne, lange Nase auffällig aus dem Gesicht hervorragte, so als ob sie begierig danach strebe, sich in alles einzumischen, was um sie herum geschah.

Ohne ein Wort der Begrüßung bestellte sich der Große mit dem Bärenfell einen Branntwein und stürzte ihn sogleich und in einem Zug hinab. Der Kleinere mit dem spärlichen Haar stellte sich hoch auf die Zehen, schnüffelte einen Moment lang in Richtung der verschiedenen Flaschen und bestellte sich dann einen Pfefferminzschnaps, den er sodann genüsslich schlürfte.

»Nein, wer hätte gedacht, dass ich solches Glück haben würde! Loker, alter Freund, wie geht es Ihnen?«, fragte Haley, trat vor und streckte dem Großen seine Hand hin.

»Haley, Sie Teufel!«, rief der Große, dessen Name Loker war. »Was machen Sie denn hier?«

Sein Reisebegleiter hielt augenblicklich im Schlürfen inne und blickte Haley neugierig an.

»Loker, Sie zu treffen, das ist das Glücklichste, was mir passieren konnte. Ich bin in einer so üblen Lage, Sie müssen mir helfen«, sagte Haley. Loker war einer der geldgierigsten Sklavenhändler, die Haley bisher kennen gelernt hatte.

»Oho, man kann ziemlich sicher sein, wenn Sie sich freuen, einen zu sehen, ist ein gutes Geschäft drin. Was gibt es denn?«, fragte Loker gespannt.

»Dazu gleich. Sagen Sie erst, wer Ihr Freund hier ist« – Haley warf einen Blick auf Marks – »ein Kompagnon?«

»Ja, so könnte man sagen.« Dann zeigte er auf Haley. »Marks, das ist der Kerl, mit dem ich in Natchez das Geschäft gemacht habe, von dem ich letztlich erzählte.«

»Es freut mich, Ihre Bekanntschaft zu machen«, sagte Marks und streckte Haley seine lange dünne Hand entgegen. »Mr Haley, richtig?«

»Jawohl, das ist mein Name, Sir«, sagte Haley und wandte sich an die Wirtin, »bringen Sie uns heißes Wasser, Zucker, Zigarren und reichlich Hochprozentiges. Wir wollen es uns wohl sein lassen.«

Die drei setzten sich an einen Tisch, und die Wirtin tat, wie ihr geheißen. Danach brachte sie noch das Feuer im Kamin zum Brennen und zündete ein paar Lichter an, denn es dämmerte draußen bereits.

Haley erzählte den Freunden von seinem Geschäft mit Shelby und von der Flucht Elizas. Loker presste den Mund zusammen und hörte ihm mit mürrischer Aufmerksamkeit zu, Marks füllte sich in kurzen Abständen sein Glas und blickte nur von Zeit zu Zeit auf.

Als Haley geendet hatte, fragte Marks: »Sehe ich es richtig, dass wir das Mädchen für Sie einfangen sollen?«

»Nicht das Mädchen. Das gehört Shelby. Mir geht es um den Jungen.«

»Nun, dann lassen Sie uns einen Preis ausmachen und beschreiben Sie uns die beiden. Wir müssen alles wissen, was Sie vom Ufer gesehen haben«, sagte Loker.

Haley machte den beiden Händlern einen guten Preis und gab über jedes Detail Auskunft, an das er sich erinnern konnte.

»Wir müssen unbedingt noch heute Nacht über den Fluss«, sagte Loker schließlich.

»Ich habe von der Frau gehört, dass heute noch ein Boot rüber fährt.« Haley hob sein Glas, und die drei tranken, bis der Mann im Wirtshaus erschien, der mit seinem Boot Fässer über den Fluss transportieren wollte.

In der Zwischenzeit hatten Sam und Andy ein gutes Stück des Heimweges zurückgelegt, und als das muntere Hufgetrappel der Pferde schließlich auf dem Kiesweg vor dem Haus der Shelbys zu hören war, eilte Mrs Shelby auf die Veranda hinaus.

»Bist du es, Sam? Wo sind Eliza und ihr Kind? Wo ist dieser Mr. Haley?«

»Mr Haley ist sicher im Wirtshaus am Fluss für die Nacht eingekehrt, er wird schrecklich müde gewesen sein von unserem anstrengenden Ritt, Missis.« Sam lachte fröhlich.

»Und Eliza? Sag schon? Was ist mit ihr?«

»Nun, sie ist über den Fluss nach Ohio.«

In diesem Moment erschien auch Mr Shelby. »Komm zu uns auf die Veranda, Sam!«, rief er. »Und dann berichte, was genau sich zugetragen hat.«

Während Andy die Pferde in den Stall führte, erzählte Sam, was auf dem Weg zum Fluss und beim Wirtshaus geschehen war.

»Nun, Master, ich habe Eliza mit meinen eigenen Augen über das Treibeis laufen sehen, mit Harry auf dem Arm. Es war wie ein Wunder, dass die Schollen sie getragen haben. Am anderen Ufer half ihr dann ein Mann an Land, und kurz darauf verschwand sie im Abendnebel.«

Mrs Shelby saß bleich da. »Ein Glück, sie ist nicht tot«, sagte sie kaum hörbar. Dann wurde ihre Stimme wieder fester. »Nun, Sam, du kannst jetzt gehen und Tante Chloe sagen, dass sie dir und Andy von dem Schinken geben soll, der vom Mittagessen übrig geblieben ist. Ihr müsst hungrig sein.«

Senator Bird zeigt Herz

Ein flackerndes Feuer warf sein Licht auf den Teppich eines gemütlichen Zimmers und ließ die Teetassen auf dem Tisch glitzern. Senator Bird zog seine Stiefel aus und ein Paar gefütterte Hausschuhe an. »Ich bin todmüde, und der Kopf tut mir weh«, klagte er, »das Gesetzemachen ist eine mühselige Angelegenheit.«

»Nun«, sagte Mrs Bird, eine sanfte und zierliche Frau, »welche Gesetze habt ihr denn heute im Senat verhandelt?« Während sie sprach, schenkte sie ihrem Gatten Tee ein.

Mr Bird machte große Augen, denn es wunderte ihn, dass seine Frau interessierte, was im Staat vor sich ging.«

Doch Mrs Bird fragte weiter. »Ist es wahr, dass man ein Gesetz erlassen hat, das den Weißen verbietet, Farbigen, die vorüberkommen, Speise und Trank zu geben?«

»Es ist ein Gesetz, das den Weißen verbietet, den von Kentucky herüberkommenden Sklaven zu helfen.«

»Und was besagt das Gesetz im Einzelnen? Verbietet es uns, diesen armen Geschöpfen ein Nachtquartier zu geben, etwas zu essen und ein paar alte Kleider?«

»Ja, Liebes, das wäre eine solche ›Hilfe‹, die das Gesetz verbietet.«

Mrs Bird war eine zurückhaltende, schöne junge Frau von etwa vier Fuß Höhe. Sie hatte sanfte, blaue Augen und eine milde Stimme. Was jedoch ihren Mut betraf, so konnte sie ein Truthahn in die Flucht schlagen.

Ihr Gatte und ihre Kinder waren ihre ganze Welt, und sie lenkte die Familie durch Bitten und Überredung und vermied es Befehle zu geben. Es gab aber etwas, das sie maßlos aufregen konnte: Alles Grausame versetzte sie in Zorn.

So wunderte es nicht, dass sie an diesem Abend mit geröteten Wangen und entschlossener Miene auf ihren Gatten zuging und sagte: »John, bitte sage mir ehrlich, ob du solche Gesetze für recht und christlich hältst?«

»Liebe Mary, dass tu ich.«

»Oh John, ich hätte nie gedacht, dass du für ein solch schändliches und gottloses Gesetz stimmst. Du solltest dich schämen. Diese armen, heimatlosen Geschöpfe! Ich für meine Person werde es brechen, sobald ich eine Gelegenheit dazu erhalte. Es ist weit gekommen, wenn eine Frau einem armen, hungernden Geschöpf nicht mal ein warmes Abendessen und ein Bett geben darf, bloß weil es ein Sklave ist.«

»Aber Mary, deine Gefühle sind vollkommen recht und gut, und ich liebe dich dafür, aber bei alledem dürfen wir über unsere Gefühle nicht den Verstand vergessen. Du musst bedenken, es handelt sich um große öffentliche Interessen.«

»Nun John, ich verstehe nichts von der Politik, aber ich kann meine Bibel lesen, und in der steht, dass ich Hungrige speisen, Nackte kleiden und die Betrübten trösten soll, und ich gedenke der Bibel zu folgen.«

»Aber in Fällen, wo dein Benehmen große Übel herbeiführen würde?«

»Der Gehorsam gegen Gott führt nie Übel herbei.«

»Mary, es gibt Gründe für solch ein Gesetz.«

»Unsinn, John, außerdem glaube ich nicht, dass du wirklich so denkst. Würdest du einem armen, frierenden, hungrigen Geschöpf die Tür weisen, weil es ein entlaufener Sklave ist? Würdest du *das* tun?«

Mrs Bird kannte ihren Gatten. Der Senator war ein sehr humaner Mann, der wohl keinen Menschen in Not, gleichgültig welche Hautfarbe er hatte, Hilfe verweigerte. Doch das wollte er nicht so gern eingestehen.

»Hm!«, machte er, hustete verlegen und begann mit einem Taschentuch seine Brille zu putzen.

Mrs Bird reizte ihren Mann noch ein wenig mehr. »Ich möchte dich sehen, John, wie du eine hilflose Frau vor deiner Tür zurück in den Schneesturm schickst oder wie du sie nur deshalb ins Haus bittest, um sie anschließend ins Gefängnis werfen zu lassen!«

»Aber das wäre meine Pflicht, auch wenn es sehr schmerzlich wäre«, sagte der Senator leise.

»Pflicht! John, gebrauche dieses Wort nicht. Du weißt, dass solch ein Handeln keine Pflicht ist – es kann einfach keine sein. Wenn die Leute ihre Sklaven vom Entlaufen abhalten wollen, so mögen sie sie gut behandeln.«

In diesem Augenblick steckte der alte Cudjo, der schwarze Diener des Hauses, seinen Kopf zur Tür herein, und forderte die Missis nervös auf, in die Küche zu kommen. Der Senator blickte seiner Frau teils verärgert, teils erleichtert nach und setzte sich mit einer Zeitung in den Lehnstuhl.

Gerade als er zu lesen begonnen hatte, vernahm er die Stimme seiner Gattin. »John, John! Bitte komm schnell!«

Senator Bird legte die Zeitung auf einen kleinen Tisch und ging nun ebenfalls in die Küche, blieb jedoch vor Schreck zunächst wie angewurzelt im Türrahmen stehen.

Eine junge Frau mit zerrissenen Kleidern, die nur einen Schuh trug, den anderen Fuß bedeckten Fetzen von Wolle und er blutete stark, lag ohnmächtig auf zwei Stühlen. Ihr Gesicht war beinahe weiß und von rührender Schönheit.

Senator Bird atmete schwer.

Seine Frau und die farbige Dienerin, die alte Dina, waren bemüht, die Ohnmächtige wachzubekommen.

Der alte Cudjo hatte indes einen schwarzen Knaben auf seinen Knien, zog ihm Schuhe und Strümpfe aus und rieb ihm die kleinen Füße, die beinahe steif gefroren waren.

»Das arme Mädchen«, sagte die alte Dina mitleidig. »Wie es scheint, hat sie die Hitze ohnmächtig gemacht. Sie war noch munter, als sie hereinkam und fragte, ob sie sich bei uns ein wenig wärmen dürfe, und als ich mich erkundigte, woher sie denn komme, sank sie plötzlich nieder. Ihren Händen nach zu urteilen wird sie keine schweren Arbeiten verrichtet haben.«

Kurz darauf schlug Eliza ihre Augen auf und blickte sich unsicher um. Bevor jemand etwas sagen konnte, fuhr sie plötzlich hoch und rief: »Wo ist mein Kind? Harry! Wo ist Harry?«

Da hüpfte der Knabe von Cudjos Knien und lief zu seiner Mutter.

»Oh, da bist du ja!«, rief sie, dann wandte sie sich zu Mrs Bird um. »Ach, Madam, bitte, beschützen Sie uns, lassen Sie nicht zu, dass mein Junge gefangen wird.«

»Hier soll Ihnen niemand etwas zu Leide tun, arme Frau«, erwiderte Mrs Bird ermutigend. »Fürchten Sie sich nicht länger.«

»Gott segne Sie«, sagte Eliza schluchzend, während sich der kleine Harry tröstend an seine Mutter drängte. Sie wurde nur allmählich ruhiger.

Dina bereitete den beiden auf der Küchenbank am Feuer ein Bett, und nach einer kurzen Weile versanken Eliza und ihr Sohn in einen tiefen Schlaf.

Mr und Mrs Bird kehrten in den Salon zurück und saßen die meiste Zeit schweigend da. Mrs Bird stickte gedankenverloren, während der Senator tat, als ob er die Zeitung studierte.

Plötzlich sagte er: »Ich möchte wirklich wissen, woher sie kommt und was ihr widerfahren ist.«

»Wenn sie erwacht und sich ein wenig erholt hat, werden wir sie fragen.« Mrs Bird blickte von ihrer Stickarbeit auf.

»Höre, meine Liebe«, begann der Senator.

»Ja?«

»Könnte Sie nicht eines von deinen Kleidern tragen, wenn der Saum rausgelassen ist? Sie scheint etwas größer zu sein als du?«

Mrs Birds Gesicht erhellte ein Lächeln und sie antwortete: »Warum nicht.« Dann stickte sie weiter.

Nach einer Weile wurde sie abermals von ihrem Gatten unterbrochen. »Höre, Liebes!«

»Was gibt es?«

»Können wir ihr nicht den alten Pelzmantel, den du über mich zu breiten pflegst, wenn ich mein Mittagsschläfchen halte, geben.«

Mrs Bird nickte.

In diesem Moment meldete Dina, dass die Fremde erwacht sei und die Missis zu sehen wünsche.

Mrs Bird ging, gefolgt von ihrem Mann, in die Küche. Eliza saß auf der Bank am Feuer und blickte unverwandt in die Glut.

»Sie haben nach mir verlangt«, sagte Mrs Bird sanft. »Ich hoffe, dass Sie sich schon etwas besser fühlen, arme Frau.«

Ein Seufzer war die einzige Antwort. Eliza hob ihren Blick und heftete ihn mit Flehen in den dunklen Augen auf Mrs Bird, der bei diesem Anblick Tränen in die Augen traten.

»Sie brauchen nichts zu fürchten. Wir sind Ihre Freunde. Sagen Sie, woher kommen Sie, was hat sie hierher getrieben.«

»Ich bin aus Kentucky«, antworte Eliza.

»Seit wann sind Sie denn in Ohio?«, fragte Mr Bird.

»Seit dieser Nacht.«

»Und wie sind Sie über den Fluss?«

»Ich bin auf dem Eis herübergegangen.«

»Auf dem Eis herübergegangen?«, riefen alle wie im Chor.

»Ja«, sagte Eliza leise, »so ist es. Mit Gottes Hilfe hat mich das Eis getragen, denn meine Verfolger waren dicht hinter mir. Ich hatte keine andere Wahl.«

»Aber das Eis ist in Schollen geborsten«, sagte Cudjo, »sie schaukeln im Wasser gefährlich auf und ab.«

»Das stimmt. Doch ich konnte nicht mehr als sterben. Ich musste es wagen.«

»Waren Sie eine Sklavin?«, fragte nun Mr Bird.

»Ja, Sir, ich gehörte einem Mann in Kentucky.«

»Hat er sie schlecht behandelt, dass sie flüchten mussten?«

»Nein, er war ein guter Herr.«

»Und ihre Herrin?«

»Auch die Missis ist stets gut zu mir gewesen.«

»Was konnte Sie dann bewegen, eine gute Heimat zu verlassen und sich solchen Gefahren auszusetzen?« Der Senator sah Eliza streng an.

Sie blickte erst zu ihm, dann zu Mrs Bird auf, und es entging ihr nicht, dass diese in Trauer gekleidet war. »Madam«, sagte sie daraufhin, »haben Sie je ein Kind verloren?«

Die Frage kam für Mrs Bird unerwartet, sie riss jedoch eine kaum vernarbte Wunde auf, denn es war erst ein Monat vergangen, seit sie ein geliebtes Kind verloren hatte.

Mrs Bird brach in Tränen aus, fasste sich aber schnell wieder und sagte: »Erst vor kurzem ist eins meiner Kinder schwer erkrankt und gestorben.«

»Dann werden Sie wissen, wie ich fühle. Ich habe zwei Kinder verloren, sie sind dort, von wo ich komme, begraben. Ich habe nur noch dieses. Mein Junge ist alles für mich, mein Trost und mein Stolz. Doch dann wollte man es mir wegnehmen, Madam, Master Shelby hat ihn an einen Sklavenhändler verkauft, der ihn weiter in den Süden verkaufen will. Ein Kind, das noch nie von seiner Mutter getrennt war, soll ganz allein in den Süden, wo schlimme Sitten herrschen. Ich konnte es nicht ertragen, Madam. Deshalb nahm ich ihn und entfloh in der Nacht. Aber der Händler, der meinen Jungen gekauft hat, verfolgte uns, und er war uns dicht auf den Fersen. Deshalb sprang ich auf das Eis. Von da an habe ich keine Erinnerung mehr. Das Erste, worauf ich mich wieder besinne, ist, dass mir ein Mann das Ufer hinaufgeholfen hat.« Eliza erzählte das alles, ohne Tränen.

Mrs Bird jedoch verbarg ihr Gesicht in einem Taschentuch, und die alte Dina schluchzte ebenfalls laut auf.

Der Senator aber wandte der Gesellschaft den Rücken zu, er blickte aus dem Fenster, er räusperte sich immerzu und putzte seine Brillengläser. »Wie können sie nur sagen, dass Sie einen guten Herrn gehabt hätten?«, rief er plötzlich mit rauer Stimme.

»Weil er ein guter Herr ist. Und die Missis ist ebenfalls gut. Aber Master Shelby hatte hohe Schulden, und so hatte ihn der Händler in seinen Händen. Er war gezwungen, seinem Willen zu folgen. Ich hörte, wie die Herrin für mich bat und flehte, aber der Master sagte, dass er nicht anders handeln könne. Da nahm ich mein Kind und lief davon. Ich wusste, dass ich nicht imstande sein würde weiterzuleben, wenn sie mein Kind weggeben würden, denn dieses Kind ist alles, was ich habe.«

»Haben Sie keinen Ehemann?«

»Schon, aber er gehört einem anderen Herrn. Sein Master ist sehr hart gegen ihn und lässt ihn fast nie zu mir kommen, er droht, ihn in den Süden zu verkaufen. Ich werde ihn wahrscheinlich nie wieder sehen.« In ihren dunklen Augen spiegelte sich der tiefe Schmerz, den sie bei diesen Worten empfand.

»Und wohin wollen Sie gehen, arme Frau?«, fragte Mrs Bird.

»Nach Kanada ... Wenn ich nur wüsste, wo das ist! Ist es sehr weit bis nach Kanada?«, fragte sie und blickte vertrauensvoll zu Mrs Bird auf.

»Kanada ist wohl viel weiter, als Sie sich vorstellen können, mein Kind«, antwortete Mrs Bird. »Aber wir wollen überlegen, was sich für Sie tun lässt. Höre, Dina, mache ein Bett in dem Zimmer dicht bei der Küche. Die Frau und ihr Kind brauchen erst mal Schlaf.«

Kurz darauf begaben sich Mrs Bird und ihr Gatte wieder in den Salon zurück. Mrs Bird setzte sich in den Schaukelstuhl vor dem Feuer. Mr Bird schritt im Zimmer auf und ab und murmelte entrüstet vor sich hin: »Pah! Eine hässliche Geschichte! Widerlich!«

Plötzlich trat er vor seine Frau und sagte: »Höre, die beiden müssen noch vor dem Morgengrauen von hier fort. Der Händler wird gewiss nicht aufgeben und mit der ersten Fähre herübersetzen. Wenn es nur die Frau wäre, so könnte sie sich still in einem Zimmer verstecken, bis alles vorüber ist, aber das Kind werden wir nicht ruhig halten können. Nein, die beiden müssen noch heute Nacht hier weg.«

»Wie stellst du dir das vor? Wo sollen sie hin?«

»Nun, ich habe eine Idee«, sagte der Senator und holte seine Stiefel. Als er sie anzog, erklärte er: »Der alte van Tromp ist von Kentucky herübergekommen, er hat zuvor all seine Sklaven freigelassen und in Ohio ein Gut gekauft, das sieben Meilen von hier entfernt mitten im Wald liegt. Dort sind sie sicherer aufgehoben als hier. Das einzig Unangenehme an der Sache ist, dass heute Nacht niemand außer *mir* mit dem Wagen dorthin kann.«

»Warum nicht? Cudjo ist ein ausgezeichneter Kutscher.«

»Ja, aber man muss zweimal über den Bach setzen und die zweite Überfahrt ist sehr gefährlich, wenn man sie nicht so gut kennt. Ich aber kenne sie. Cudjo soll gegen Mitternacht leise die Pferde einspannen, dann werde ich die Frau und das Kind fortbringen. Bin ich zurück, kann mich Cudjo rasch zum Wirtshaus bringen, wo die Postkutsche zwischen drei und vier vorüberkommt, die nach

Columbus fährt. Dann sitze ich in der Morgenfrühe pünktlich bei meinen Geschäften.«

»Dein Herz ist besser als dein Kopf, John«, sagte Mrs Bird zärtlich.

»Mary«, erwiderte der Senator, »ich weiß nicht, wie du darüber denkst, aber oben im Kinderzimmer ist die ganze Kommode angefüllt mit Kleidung des armen kleinen Henry …« Mit diesen Worten wandte er sich schnell um, ging hinaus und schloss die Tür.

Mrs Bird überlegte nicht lange und ging mit einer Lampe in das Kinderzimmer, das neben ihrem Gemach lag. Ihre beiden Jungen schliefen fest. Sie setzte das Licht auf der Kommode ab und öffnete langsam die Schubfächer. Hier lagen kleine Röcke, Schürzchen, mehrere Paar Strümpfe und sogar ein Paar feste Schuhe. Auch Spielsachen, ein hölzerner Wagen mit Pferden, ein Kreisel und ein Ball waren darin – alles Andenken an den verstorbenen Henry.

Mrs Bird setzte sich einen Moment lang hin, stützte den Kopf auf und weinte. Doch dann erhob sie sich wieder und begann, ein Bündel zu packen.

»Mama«, sagte plötzlich einer der Knaben, die in dem Zimmer schliefen. Er war erwacht und saß nun aufrecht in seinem Bett. »Willst du Henrys Sachen weggeben?«

»Meine liebes Kind«, sagte Mrs Bird sanft, »wenn unser lieber, kleiner Henry vom Himmel herabblickt, so wird er sich freuen, dass wir das tun. Ich wäre nicht imstande, die Sachen einer gewöhnlichen Person – einem glücklichen Menschen zu geben, aber ich gebe sie einer Mutter, die unglücklicher ist als ich.«

Jetzt öffnete Mrs Bird ihren eigenen Kleiderschrank, nahm ein paar einfache Kleider heraus, setzte sich an ihr Arbeitstischchen und begann, mit Nadel, Schere und Fingerhut in aller Stille den Saum aus den Kleidern zu lassen. In dem Moment, als sie fertig war, schlug die alte Wanduhr in der Ecke zwölf, und von draußen drang das Rasseln von Wagenrädern zu ihr herein. Im nächsten Moment kam ihr Mann, um ihr Bescheid zu geben, dass sie die Frau und den Jungen wecken sollte.

Mrs Bird packte rasch die Sachen für den Jungen und die Kleider in einen alten Koffer, verschloss ihn und bat ihren Gatten, ihn in dem Wagen zu verstauen.

Bald darauf erschien Eliza mit Mantel, Hut und Schal, die ihr Mrs Bird gegeben hatte, und mit ihrem Kind auf dem Arm in der Tür. Der Senator führte sie hastig zum Wagen, gefolgt von seiner Frau. Eliza beugte sich vor der Abfahrt noch mal aus dem Wagen und streckte ihrer Wohltäterin die Hand entgegen. Sie wollte einen Dank aussprechen, doch ihre Stimme wurde von Tränen erstickt. Mrs Bird drückte ihre Hand, und Eliza sank auf den Sitz zurück. Der Schlag wurde geschlossen, und der Senator lenkte den Wagen in die dunkle Nacht.

Als die Kutsche spät in der Nacht vor einem großen Farmhaus vorfuhr, dauerte es eine Weile, bis die Bewohner endlich geweckt waren und der Besitzer die Tür öffnete. Er war ein hagerer, hoch gewachsener Kerl in einem langen Hemd aus rotem Flanell. Er stand einige Minuten verwundert im Türrahmen, hielt das Licht in die Höhe und blinzelte die Reisenden mit unschlüssigem Ausdruck an.

Van Tromp war einst ein bedeutender Guts- und Sklavenbesitzer im Staat Kentucky gewesen. Er hatte mehrere Jahre lang mit großem Missbehagen das Gesetz befolgt, das Weißen das Recht einräumte, ihre schwarzen Arbeiter zu unterdrücken. Doch mit jedem Tag bereitete ihm diese Ungerechtigkeit mehr und mehr Unbehagen, und eines Tages fasste er den Entschluss, all seine Sklaven freizulassen. Er zögerte nicht lange, ließ seine Arbeiter gehen und zog sich auf eine einsam gelegene Farm zurück.

»Mein guter Freund, gewähren Sie einer armen Frau mit einem Kind Schutz vor Sklavenfängern?«, fragte der Senator ohne Umschweife.

»Das tu ich gern«, erwiderte der Gefragte mit Nachdruck.

»Ich dachte es mir«, entgegnete der Senator.

»Wenn jemand kommt, der den beiden etwas will«, sagte van Tromp und straffte sein breites Kreuz, »dann bin ich bereit, sie zu schützen. Ich habe sieben Söhne, die alle kräftige Burschen sind und das Herz am rechten Fleck haben.« Er lachte nun munter und hielt die Tür weit geöffnet.

Als Eliza mit ihrem Kind herantrat, hielt van Tromp ihr das Licht vors Gesicht und seufzte mitleidig. Dann zeigte er ihr ein kleines Schlafzimmer, das gleich neben der Küche lag, und sagte ihr, dass sie hier schlafen könne. »Du brauchst dich nicht zu fürchten«, sagte er und wünschte ihr eine gute Nacht.

»Das ist ein ganz ungewöhnlich hübsches Mädchen«, sagte er zu dem Senator, der ebenfalls in das Haus eingetreten war.

Der Senator erzählte seinem Freund Elizas Geschichte.

»So steht die Sache also«, sagte der Farmer mitleidig, als der Senator geendet hatte. »Das arme Geschöpf! Gejagt wie ein Tier, weil sie fühlt, wie eine Mutter nun mal fühlt. Ich will Ihnen etwas sagen: Solch herzloses Handeln, solches Unrecht machen mich wütend wie sonst nichts.« Van Tromp bat dem Senator ein Bett für die Nacht an, doch dieser lehnte dankend ab.

»Ich muss weiter, mein guter Freund, ich will noch die Postkutsche nach Columbus erreichen.«

»Nun, wenn es so ist, dann will ich Sie ein Stück des Weges begleiten und Ihnen eine Straße zeigen, auf der Sie besser und schneller zurückgelangen.« Van Tromp kleidete sich an und führte den Senator mit einer Laterne in der Hand zu einem Weg hinter dem Haus.

Als sie sich schließlich trennten, reichte ihm der Senator eine Zehndollarnote. »Das ist für die Frau«, sagte er und machte sich davon.

Onkel Tom in Ketten

Die milde Februarsonne, die am Morgen in Onkels Toms Hütte schien, erhellte die traurigen Gesichter von Chloe und Tom nicht. Zwei frisch geplättete Arbeitshemden hingen auf der Lehne eines Stuhls am Kamin, und Tante Chloe hatte ein drittes auf einem Tischchen nahe der Feuerstelle vor sich ausgebreitet. Sie plättete sorgfältig jede Falte und fuhr von Zeit zu Zeit mit ihrer Hand durch das Gesicht, um sich die Tränen abzuwischen.

Tom saß bei ihr, aber die beiden sprachen kein Wort miteinander. Es war noch früh, und die Kinder lagen in ihrem Bett und schliefen. Nach einer Weile stand Tom auf, trat an den Bettkasten und betrachtete sie. »Es ist das letzte Mal«, flüsterte er leise.

Da setzte Chloe das Plätteisen ab, sank auf einen Stuhl nieder und weinte laut. »Wenn ich nur wüsste, wohin man dich bringt oder wie man dich behandeln wird«, sagte sie verzweifelt. »Die Missis will versuchen, dich in ein paar Jahren zurückzukaufen, aber hast du von solch einem Geschäft schon mal gehört? Von denen, die in den Süden gebracht wurden, ist noch keiner wiedergekommen. Dort müssen sie so viel und so hart arbeiten, dass sie dabei umkommen.«

»Gott wird mich behüten«, sagte Tom. »Und ich danke ihm, dass ich verkauft wurde und fort muss und nicht du und die Kinder. Ihr seid hier in Sicherheit.« Tom sprach mit erstickter Stimme.

»Der Master hätte es nicht zulassen dürfen, dass du für seine Schulden genommen werden konntest. Du hast ihm das, was er für dich erhält, doppelt durch Arbeit eingebracht. Er war dir deine Freiheit schuldig und hätte sie dir bereits vor Jahren geben sollen. Es mag sein, dass er jetzt nicht anderes tun kann, aber ich fühle, dass es unrecht ist.«

»Chloe, wenn du mich liebst, sprich nicht so, denn es wird vielleicht das letzte Mal sein, dass wir beisammen sind! Der Master ist mir schon als Kind in meine Arme gelegt worden. Es ist nur natürlich, dass ich zu ihm halte. Vergleiche ihn mal mit den anderen Herren. Welcher Sklave wurde behandelt wie ich, hatte ein Leben wie ich? Hätte Master Shelby voraussehen können, was mit mir passiert, er hätte versucht, dieses Schicksal von mir abzuwenden.«

»Trotzdem ist etwas Unrechtes dabei«, sagte Tante Chloe. »Davon kannst du mich nicht abbringen.« Sie stand auf und schürte das Feuer. »All das Reden nützt ja doch nichts«, sagte sie nach einer Weile. »Ich werde uns Maiskuchen backen, damit du ein gutes Frühstück bekommst. Wer weiß, wann du solch etwas Gutes wieder erhältst.«

Schon bald dampfte das Morgenmahl auf dem Tisch. Chloe hatte zu dem Maiskuchen alles aufgeboten, was Tom gern mochte, zartestes Hühnchen etwa und eingemachte Früchte, die in großen Töpfen in einem Regal weit oben lagerten und die nur zu besonderen Anlässen hervorgeholt wurden.

»Peter«, rief Moses als er sich an den Tisch setzte, »heute haben wir mal ein richtig gutes Frühstück!« Mit diesen Worten langte er nach dem größten Stück Huhn.

Da gab Tante Chloe ihm wütend eine Ohrfeige. »Wirst du wohl zuerst deinen Vater von dem Huhn nehmen lassen. Es ist schließlich sein letztes Frühstück zu Hause!«

»Oh Chloe«, sagte Tom sanft.

»Ach, Tom«, antwortete Chloe und verbarg ihr Gesicht in der Schürze. »Ich bin so verzweifelt, dass ich nicht weiß, was ich tu.«

Moses und Peter saßen stumm da und blickten bald ihren Vater, bald ihre Mutter an, und im nächsten Moment begann das Jüngste laut zu schreien.

»Psch…«, machte Tante Chloe, trocknete ihre Tränen und nahm das Kind auf ihren Arm, »Nun greift zu. Das ist mein bestes Hühnchen. Ihr auch, meine Jungen …«

Das brauchte Chloe den beiden nicht zweimal sagen, eifrig machten sie sich an die Speisen heran. Bloß Tom zeigte keinen großen Appetit.

»Ich muss noch deine Kleider einpacken, Tom«, sagte Chloe nach dem Frühstück und deutete auf eine Kiste. »Dein Flanellzeug für den Rheumatismus ist unten in der Ecke, darüber liegen deine alten Hemden und darüber die neuen. Die Strümpfe, die ich dir gestern Abend gestopft habe, sind an den Seiten. Aber wer wird sie dir das nächste Mal ausbessern!« Tante Chloe schluchzte auf. »Wer wird sich um dich kümmern, wenn du krank bist? Wer sorgt überhaupt für dich?«

Als die Jungen das Leid ihrer Mutter sahen, begannen sie ebenfalls zu weinen.

Nur Tom saß noch immer gefasst da, hatte die Kleine auf den Schoß genommen und gestattete ihr, ihm im Gesicht zu kratzen und an den Haaren zu ziehen.

Plötzlich rief einer von den Knaben, der am Fenster stand: »Da kommt die Missis.«

Wenig später trat Mrs Shelby ein.

Tante Chloe holte ihr einen Stuhl.

Mrs Shelby sah bleich und sorgenvoll aus. »Tom«, setzte sie an, »ich komme um –«. Sie hielt plötzlich inne, bedeckte ihr Gesicht mit einem Taschentuch und begann zu schluchzen.

»Aber Misses, tun Sie das nicht!«, rief Tante Chloe, der ebenfalls erneut Tränen über das Gesicht liefen.

Nur zögernd beruhigte sich Mrs Shelby. »Mein guter Bursche«, setzte sie von neuem an, »ich kann dir nichts geben, was dir von Nutzen sein würde. Wenn ich dir Geld gäbe, so würde man es dir wieder abnehmen, aber ich sage dir feierlich und vor Gott, dass ich dich nicht aus den Augen verlieren und dich wieder zurückholen werde, sobald wir das nötige Geld auftreiben können. Bis dahin vertraue auf Gott.«

Da schrien die Knaben, dass der Sklavenhändler auf die Hütte zueile, und Sekunden später wurde die Tür mit einem Fußtritt aufgestoßen.

Haley stand auf der Schwelle. »Komm, Nigger, bist du fertig?«, rief er. Als er Mrs Shelby sah, räusperte er sich, nahm den Hut ab und grüßte förmlich.

Tante Chloe verschloss die Kiste, umschnürte sie, stand auf und blickte den Sklavenhändler zornig an. Tom erhob sich, um seinem neuen Master zu folgen. Seine Frau nahm ihm Polly vom Arm und folgte den Männern gemeinsam mit Mrs Shelby aus der Hütte. Hinter ihnen riefen die weinenden Jungen nach dem Vater.

Vor der Hütte nahm Mrs Shelby den Händler einige Augenblicke lang zur Seite und redete eifrig auf ihn ein.

Sämtliche Sklaven des Gutes hatten sich um den Wagen versammelt, mit dem Tom abtransportiert werden sollte, um von ihrem Freund und Lehrer Abschied zu nehmen. Sie hatten Tom stets bewundert und geachtet, er war nicht nur der erste Diener der Shelbys gewesen, sondern genoss auch als gläubiger Christ hohes Ansehen unter den Sklaven.

»Steig ein!«, befahl Haley.

Tom kletterte in den Wagen, und Haley zog unter dem Sitz ein paar schwere Fußketten hervor, die er um Toms Knöchel legte. Ein dumpfes Stöhnen der Entrüstung war um den Wagen herum zu vernehmen.

Mrs Shelby rief empört: »Ich versichere Ihnen, Mr Haley, dass diese Maßnahme vollkommen unnötig ist.«

»Das glaube ich nicht, Madam, schließlich habe ich in diesem Haus schon fünfhundert Dollar verloren, mehr Verlust will ich nicht riskieren.«

»Grüßt mir Master George!«, rief Tom noch vom Wagen herab, als Haley die Peitsche zur Abfahrt hob. George Shelby war für ein paar Tage bei Freunden auf einem benachbarten Gut. Er wusste noch nichts vom Verkauf Toms.

Da knallte Haleys Peitsche und der Wagen setzte sich in Bewegung. Tante Chloe und die anderen blickten ihm verzweifelt nach. Ob sie Tom je wiedersehen würden?

Der Wagen rollte über die staubige Landstraße, und nach etwa einer Meile hielt Haley vor einer Schmiede an, nahm ein paar Handschellen aus dem Wagen und betrat die Werkstätte.

Nachdem er den Schmied gegrüßt hatte, sagte der Händler: »Die sind etwas zu eng für ihn«, und deutete durch die Tür nach draußen, wo Tom im Wagen angekettet war.

Der Schmied sah hinaus. »Oje. Ist das nicht Tom? Shelby hat ihn doch wohl nicht verkauft?«, rief der Schmied empört.

»Doch, das hat er«, antwortete Haley.

»Was ihr nicht sagt«, murmelte der Schmied. »Wer hätte das gedacht.« Dann sagte er lauter: »Tom braucht ihr aber gewiss keine Handschellen anlegen. Er ist das treueste, beste Geschöpf.«

»Ja, ja«, sagte Haley. »Aber gerade die guten Burschen denken meist an Flucht. Die Dummen und die liederlichen Trunkenbolde bleiben und machen sich ein Vergnügen daraus, sich durch die Gegend fahren zu lassen.«

Während der Schmied nun nach dem passenden Werkzeug suchte, sagte er: »Aber die Plantagen im Süden, Fremder, sind nicht eben der Ort, wohin die Neger aus Kentucky gern gehen. Sterben sie dort nicht sehr schnell?«

»Jawohl, schneller zumindest als anderswo. Auf dem Markt ist die Nachfrage beständig gut.«

»Aber es ist wirklich jammerschade, dass ein so vortrefflicher Bursche wie Tom auf einer von den Zuckerplantagen sein Ende finden soll.«

»Seine Aussichten sind nicht so schlecht. Ich habe Missis Shelby das Versprechen gegeben, ihn als Hausdiener in einer guten Familie unterzubringen, und wenn er das Fieber, das im Süden die meisten irgendwann einmal erwischt, übersteht, wird es ihm dort so gut gehen, wie es ein Neger verlangen kann.«

»Seine Frau und Kinder bleiben hier oben zurück?« Der Schmied war endlich fündig geworden.

»Ja, aber er wird dort eben eine neue Frau erhalten. Weiber gibt's überall genug«, sagte Haley abfällig.

Tom saß betrübt vor der Schmiede im Wagen, während Haley mit den Schmied plauderte. Plötzlich hörte er den schnellen, kurzen Hufschlag eines Pferdes, und ehe er noch aufschauen konnte, war George Shelby bei ihm.

Er sprang in den Wagen, schlang stürmisch seine Arme um Onkel Toms Hals, schluchzte hemmungslos und schimpfte. »Es ist gemein. Sie mögen alle sagen, was sie wollen, aber es ist eine Sünde und Schande. Wenn ich ein Mann wäre, ich würde verhindern, dass dich dieser Halunke bekommt!«

»Oh Master George, das tut mir gut, Sie zu sehen«, sagte Tom. »Ich hätte es nicht ertragen können, fortzugehen, ohne Sie verabschiedet zu haben.«

Da fiel George Shelbys Blick auf die Ketten an Toms Füßen.

»Das ist eine Schande!«, rief er, die Hände empor reißend. »Wahrhaftig, ich werde den Kerl zu Boden schlagen …«

»Nein, das werden Sie nicht tun, Master George, und Sie müssen nicht so laut sprechen, es wird mir nichts helfen, wenn Sie ihn böse machen.«

»Nur um deinetwillen werde ich es unterlassen. Aber oje, was kann ich sonst tun. Man hat mir kein Wort gesagt, und wenn der junge Lincon nicht gewesen wäre, so hätte ich noch immer keine Ahnung. Sieh her, Onkel Tom«, fügte er plötzlich leise hinzu und drehte der Schmiede den Rücken zu, »ich habe dir einen Dollar mitgebracht.«

»Oh, den kann ich nicht annehmen, Master George«, sagte Tom tief gerührt.

»Aber du *musst* ihn nehmen«, drängte George Shelby. »Ich habe Tante Chloe gesagt, dass ich ihn dir bringen werde, und sie hat mir den Rat gegeben, ein Loch hineinzumachen und ein Band hindurchzuziehen, damit du ihn um den Hals hängen kannst.«

George Shelby band den Dollar um Toms Hals. »So, und jetzt knöpfe den Rock darüber zu, und jedes Mal, wenn du den Dollar siehst, erinnere dich daran, dass ich dir nachkommen und dich wiederholen werde.«

»Und nun, Master George«, sagte Tom, »müssen Sie ein guter Junge sein. Bedenken Sie, wie viele Menschen Hoffnungen in Sie gesetzt haben. Halten Sie sich stets daran, was Ihre Mutter Ihnen sagt. Nehmen Sie nicht die törichte Manier an, die viele junge Menschen haben, die meinen, besonders klug zu sein. Ich will Ihnen etwas sagen, Master George, der Herr gibt uns vieles doppelt, aber eine Mutter gibt er nur einmal. Nicht wahr, das werden Sie nicht vergessen?«

»Nein, das werde ich nicht, Onkel Tom«, antwortete George Shelby ernst.

»Nehmen Sie sich auch in Acht, welche Worte Sie benutzen, Master George, junge Männer sind mitunter aufmüpfig. Aber ein echter Gentleman, wie Sie hoffentlich einer werden, lässt nie ein Wort fallen, das nicht ehrerbietig gegen die Eltern wäre.« Tom strich dem Jungen durchs Haar. »Oh Master George, Sie bringen alles mit, Sie sind gelehrsam, haben Vorrechte, können Lesen und Schreiben ... Sie werden sicher zu einem großen, gelehrten Manne heranwachsen. Seien Sie also ein guter Herr wie Ihr Vater und ein Christ wie Ihre Mutter.«

»Das will ich, Onkel Tom!«, rief George Shelby. »Ich will ein *ganzer Kerl* werden. Verliere du nur den Mut nicht, ich hole dich zurück. Wenn ich ein Mann geworden bin, werde ich dir ein neues Haus bauen, mit einem großen Zimmer und mit einem Teppich vor dem Bett.«

Jetzt kam Haley mit den Handschellen und blickte zur Tür hinaus.

»Hören Sie, Mister«, sagte George Shelby und machte eine überlegene Miene, »ich werde meinen Eltern erzählen, wie Sie Onkel Tom behandeln.«

»Das will ich Ihnen gern erlauben«, gab der Sklavenhändler zurück.

»Schämen Sie sich nicht, Männer und Frauen zu kaufen und sie anzuketten wie Vieh? Man sollte meinen, dass es Ihnen zu niederträchtig ist.«

»Solange die vornehmen Leute Männer und Frauen kaufen, bin ich nicht schlechter als sie«, sagte Haley.

»Ich werde weder das eine noch das andere tun, wenn ich ein Mann bin«, sagte George Shelby. »Leb wohl, Onkel Tom, und halte die Ohren steif.«

»Leben Sie wohl, Master George«, sagte Tom und sah ihn liebevoll an. »Gott segne Sie! Ach, Kentucky hat nicht viele, die Ihnen gleichkommen.« Tom blickte ihm nach, bis der Hufschlag des Pferdes in der Ferne verhallte. Dann legte er seine Hand an die Brust, denn dort, wo der kostbare Dollar hing, den ihm der junge Shelby umgehängt hatte, wurde ihm einen Moment lang warm ums Herz.

Steckbrieflich gesucht

An einem regnerischen Nachmittag trat ein Reisender in die Tür eines kleinen Gasthauses in Kentucky. Es war ein älterer Herr namens Wilson. Er fand im Schankraum eine bunte Gesellschaft versammelt: lange, vierschrötige Männer aus Kentucky in Jagdhemden, die ihre Büchsen und Jagdtaschen in einer Ecke des Raumes abgestellt hatten, Jagdhunde und schwarze Kinder, die sich kichernd zwischen den Tieren am Boden wälzten und spielten. Das Durcheinander konnte nicht größer sein. Der Wirt blickte den Gast freundlich unter der Krempe seines Hutes her an – wie viele seiner Landsleute trug er eine mächtige, hohe Kopfbedeckung.

Stellt man sich solch einen Wirt, dazu ein prasselndes Feuer im Kamin, weit offene Türen und Fenster und in dem feuchten, rauen Wind flatternde Fenstervorhänge vor, so kommt die Vorstellung den zu dieser Zeit üblichen Wirtshäusern in Kentucky sicherlich recht nah.

Der ältere Herr sah sich im Schankraum um. Er war ein untersetzter Mann mit einem gutmütigen Gesicht.

Schließlich zog er sich, seine Reisetasche fest unter den Arm geklemmt, in eine Ecke neben den Kamin zurück. Nach einigen prüfenden Blicken schob er die Tasche unter seinen Stuhl, setzte sich und blickte mit einiger Besorgnis zu dem Mann hin, dessen Stiefelabsätze das Ende der Kaminstäbe zierten und der bald rechts, bald links ausspuckte.

»Nun, Fremder, wie geht's?«, fragte der Stiefelträger den Reisenden.

»Ich denke gut.« Der ältere Herr versuchte einem Gespräch auszuweichen. Der Stiefelträger war ihm nicht geheuer.

»Was gibt's Neues?«, fragte der Erstere nun und zog eine Stange Kautabak und ein großes Jagdmesser aus der Tasche.

»Ich weiß nichts«, antwortete der ältere Herr.

»Tabak?«, fragte der andere und hielt dem älteren Herrn etwas von seinem Tabak unter die Nase.

»Nein, ich danke Ihnen, Kautabak bekommt mir nicht.« Der ältere Herr rückte mit dem Stuhl zur Seite. Da sich mehrere Personen vor einem Anschlag versammelten, stand Mr Wilson kurz entschlossen auf, nahm, nachdem er seinen Mantel und den Regenschirm sorgfältig auf die Bank gelegt hatte, seine Brille heraus und las den dort hängenden Steckbrief.

»Dem Unterzeichneten ist sein Mulattenbursche George entlaufen. Besagter George ist sechs Fuß hoch, hat sehr hellbraune Haut und braun gelocktes Haar. Er ist sehr intelligent, drückt sich gewählt aus, kann lesen und schreiben und wird sich wahrscheinlich für einen Weißen ausgeben. Der Entflohene hat tiefe Narben auf dem Rücken und den Schultern und in die rechte Hand ist ihm der Buchstabe H eingebrannt. Ich werde demjenigen, der ihn mir lebend zurückbringt, vierhundert Dollar, und die gleiche Summe für den genügenden Beweis von seiner Tötung zahlen.«

Während Mr Wilson noch las, trat der Stiefelträger ebenfalls zu dem Anschlag vor und spuckte gezielt Tabaksaft auf das Geschriebene. »So denke ich über die Sache«, sagte er und setzte sich in eine Ecke.

»Sir, was soll das heißen?«, rief der Wirt.

»Wer einen solchen Burschen besitzt und ihn nicht besser behandelt, verdient es, ihn zu verlieren. Solche Anzeigen sind eine Schande für Kentucky«, empörte sich der Stiefelträger.

»Da haben Sie Recht, mein Freund«, sagte Mr Wilson, »und der hier beschriebene Bursche ist ein treuer Arbeiter. Er hat wohl ein halbes Dutzend Jahre in meiner Sacktuchfabrik gearbeitet und war mein bester Arbeiter, Sir. Er ist überdies ein kluger Mensch, denn er hat eine Hanfreinigungsmaschine erfunden – eine einzigartige Vorrichtung. Sein Herr hat nun das Patent dafür.«

»Das sieht so einem ähnlich«, sagte der Stiefelträger. »Er hat das Patent und verdient Geld damit, und dann brandmarkt er den Burschen in die rechte Hand.«

Hier wurde das Gespräch unterbrochen, denn ein farbiger Diener hatte einen Einspänner vor dem Wirtshaus gehalten, und ein gut gekleideter Herr war aus der Kutsche gestiegen und trat nun in den Schankraum.

Die Gesellschaft betrachtete den Ankommenden mit dem Interesse, das Leute an einem Regentag in einem Wirtshaus jedem Fremden entgegenbringen, der den Raum betritt. Der Fremde war hochgewachsen, hatte eine dunkle, spanische Gesichtsfarbe, schöne ausdrucksvolle schwarze Augen und dicht gelocktes schwarzes Haar. Seine Adlernase, seinen feinen, schmalen Lippen und die Umrisse seines wohlgeformten Körpers brachten die ganze Gesellschaft augenblicklich auf die Idee, dass sie einen ungewöhnlichen Mann vor sich sahen. Der Neuankömmling schritt ungezwungen durch die umherstehenden Gäste, zeigte dem Aufwärter mit einer Kopfbewegung, wohin er seinen Koffer stellen solle und trat mit dem Hut in der Hand gemächlich an den Schanktisch. Dort stellte er sich als Henry Butler von Oaklands in der Grafschaft Shelby vor und fragte nach einem Zimmer. Danach ging er zu dem Anschlag hinüber und las zunächst laut und in aller Ruhe den Steckbrief. »Jim, es scheint mir, wir haben einen Burschen, der ungefähr so aussah, mehrere Meilen von hier getroffen. Was meinst du?«, fragte er seinen Diener, als er zu Ende gelesen hatte.

»Ja, Master«, antwortete dieser, »nur dass ich mir nicht sicher bin, ob das mit der Hand auch stimmt.«

»Darauf habe ich natürlich auch nicht geachtet«, gab der Fremde an und gähnte scheinbar gelangweilt, dann wandte er sich dem Wirt zu und fragte abermals nach einem Zimmer.

Der Wirt wies nun mehrere schwarze Jungen an, ein Zimmer für den fremden Herrn herzurichten, während er sich selbst an einen Tisch setzte und mit einem Gast plauderte.

Mr Wilson hatte den Fremden von dem Augenblick seines Eintretens an mit unruhiger Neugier beobachtet. Es war ihm, als ob er ihn schon irgendwo getroffen habe, und doch konnte er sich nicht erinnern, wo. Als er die Stimme des Mannes hörte, zuckte er zusammen. Endlich schien eine Erinnerung in ihm aufzublitzen. Er starrte den Fremden mit großem Erstaunen an.

»Mr Wilson, wenn ich nicht irre?«, sagte der Fremde plötzlich und reichte ihm die Hand. »Ich bitte um Verzeihung, dass ich mich nicht gleich erinnert habe. Ich sehe, dass auch Sie mich nicht vergessen haben – ich bin Mr Butler von Oaklands in der Grafschaft Shelby.«

»Ja – ja, Sir«, stotterte Mr Wilson.

Ein Knabe meldete, dass das Zimmer des Herrn bereit sei. »Jim, sorge für die Koffer!«, rief der Fremde und fügte zu Mr Wilson gewandt hinzu: »Ich möchte mit Ihnen auf meinem Zimmer einige Minuten geschäftlich sprechen, wenn es Ihnen recht ist.«

Mr Wilson nickte, und die Männer begaben sich in ein großes Zimmer im ersten Stock, wo ein munteres Feuer prasselte.

Sobald alles getan war und die Dienerschaft sich entfernt hatte, verschloss der junge Mann ruhig die Tür, kreuzte die Arme auf der Brust und blickte fest in Mr Wilsons Gesicht.

»George Harris«, sagte dieser.

»Ja, George Harris«, antwortete der junge Mann lächelnd. »Ich dachte, ich wäre gut verkleidet. Ein wenig Walnussrinde hat meiner hellbraunen Haut einen schönen, dunklen Ton gegeben, und ich habe mein Haar schwarz gefärbt. Sie sehen, dass ich der Beschreibung in dem Steckbrief nicht im Mindesten entspreche.«

»Oh, George, du spielst ein gefährliches Spiel.« Mr Wilson ging sorgenvoll im Zimmer auf und ab. »Einerseits wundert es mich natürlich nicht, dass du deinen rechtmäßigen Herrn verlassen hast, aber es betrübt mich, und es ist meine Pflicht, dir zu sagen, dass du viel riskierst.«

»Warum betrübt es Sie, Sir?«, fragte George ruhig.

»Weil du dich gegen die Gesetze deines Vaterlandes auflehnst.«

»*Meines Vaterlandes*?«, fragte George bitter. Mein Vaterland ist nicht mehr wert als ein Grab? Und ich wünschte bei Gott, ich läge darin!«

»George, nein, nein, sprich nicht so. Das ist nicht recht. Du hast einen hartherzigen Herrn, das stimmt, ich kann nicht daran denken, ihn zu verteidigen, aber –«

George kreuzte die Arme über der breiten Brust und ein bitteres Lächeln umspielte seine Lippen. »Ich möchte wissen, Mr Wilson«, sagte er, »wie Sie sprechen würden, wenn Männer kämen, die Sie von Ihrer Frau und Ihrem Kind fortschleppten, und Sie Ihr Leben lang für sich arbeiten ließen.«

Mr Wilson senkte den Blick. »Du weißt, George, dass ich immer dein Freund gewesen bin. Mir scheint, du bringst dich in große Gefahr. Wirst du ergriffen, so werden sie dich halb tot schlagen und in den Süden verkaufen.«

»Mr Wilson, ich weiß das alles«, sagte George. »Ich *bin* in Gefahr, aber« – er öffnete seinen Rock und zeigte ein paar Pistolen und ein Messer – »ich bin darauf vorbereitet, nach dem Süden gehe ich *niemals*.«

»George, du musst wahrhaft verzweifelt sein!«

»Mr Wilson, sehen Sie mich an. Sehe ich nicht aus, als ob ich ein Mensch wie Sie wäre? Bin ich nicht ein Mann, so gut wie irgendeiner? Mein Vater war ein Gentleman aus Kentucky. Als er starb, wurden meine Mutter und ihre sieben Kinder durch den Sheriff verkauft, alle an verschiedene Herren. Ich war das jüngste Kind. Das Letzte, was ich von meiner Familie hörte, waren ihre Klagen und ihr Geschrei, als ich auf ein Pferd gebunden und zu einem fremden Gut verschleppt wurde.«

Mr Wilson sah George traurig an, der in ruhigem Ton, aber mit Nachdruck weitersprach.

»Mein Master kaufte auch meine älteste Schwester. Sie war ein frommes, gutes Mädchen. Eines Tages, Sir, stand ich an einer Tür und hörte, wie sie ausgepeitscht wurde, und es trieb mir alles Blut zum Herzen, dass ich ihr nicht helfen konnte. Nun hören Sie gut zu, Sir. Sie wurde gepeitscht, weil sie ein sittsames, christliches Leben führen wollte. Doch das erlauben die Gesetze einem Sklavenmädchen nicht. Das letzte Mal sah ich sie an den Wagen eines Sklavenhändlers gekettet, der sie auf den Markt nach New Orleans brachte. Ich habe nie wieder etwas von ihr gehört. Ich wuchs ohne Vater, ohne Mutter, ohne Schwester auf, ich erhielt nichts als Peitschenhiebe. Sir, ich war manchmal so hungrig, dass ich froh war, wenn ich einen der Knochen erwischte, die den Hunden hingeworfen wurden.« Georges blickte Mr Wilson fest in die Augen. »Mit mir wurde nie ein freundliches Wort gesprochen, bis ich zur Arbeit in Ihre

Fabrik kam. Sie ermunterten mich, lesen und schreiben zu lernen, und zu versuchen, etwas aus mir zu machen, und dafür bin ich Ihnen dankbar. Doch dann, Sir, kam mein Herr und nahm mich fort, fort von meiner Arbeit, fort von meinen Freunden und von allem, was ich liebe. Und weshalb? Weil ich, wie er sagt, vergessen hätte, wer ich sei. Zuletzt stellte er sich auch noch zwischen mich und meine Frau, er verlangte, dass ich sie verlasse und mit einer anderen lebe. Und zu alledem geben eure Gesetze ihm die Gewalt.«

»Hole sie alle der Teufel!«, platzte Mr Wilson heraus, doch er bereute die Worte sogleich. »Gott, verzeih mir die Sünde, dass ich geflucht habe.« Dann wandte er sich an George. »So geh denn, George, aber sieh dich vor, mein Junge, schieße auf keinen Menschen.« Die beiden Männer schwiegen eine Weile bekümmert.

Dann fragte Mr Wilson: »Wo ist deine Frau jetzt, Georg?«

»Fort, Sir – irgendwohin, sie musste mit ihrem Kind fliehen.«

»Ist das möglich? Die Shelbys sind doch eine so gütige Familie.«

»Auch gütige Familien können sich verschulden, und die Landesgesetze erlauben ihnen, das Kind einer Sklavin von der Mutterbrust zu verkaufen, um die Schulden des Herrn zu bezahlen«, sagte George bitter.

»Das tut mir alles sehr Leid«, meinte Mr Wilson aus tiefstem Herzen. »Nimm das, Georg.« Damit zog er ein Bündel Geldscheine aus seiner Brieftasche und hielt sie ihm hin.

»Nein, mein guter, lieber Sir«, sagte George. »Sie haben schon sehr viel für mich getan, und dies könnte Sie in Schwierigkeiten bringen. Ich habe hoffentlich Geld genug, um mich in Sicherheit zu bringen.«

»Du *musst* das Geld annehmen, George. Geld ist immer eine große Hilfe. Nimm es, mein Junge!«

»Ich nehme es, aber nur unter der Bedingung, dass ich es später zurückzahlen darf«, sagte George.

Mr Wilson nickte und gab ihm die Scheine. »Wer ist dein Begleiter?«

»Ein mutiger Bursche, der vor einem Jahr nach Kanada gegangen ist. Dort hörte er, dass sein Herr über seine Flucht so wütend geworden war, dass er die arme, alte Mutter des Jungen auspeitschen ließ. Da hat er den Weg zurück angetreten, um sie zu befreien.«

»Ist es ihm gelungen?«

»Noch nicht. Er begleitet mich bis nach Ohio, da hat er Freunde, die auch mir helfen werden, dann wird er es versuchen.«

»Aber das Zeichen in deiner Hand?«

George zog den Handschuh aus und zeigte die frische Narbe des Brandmahls. »Das ist ein Erinnerungszeichen an Harris Zuneigung«, sagte er spöttisch. »Ich reise morgen früh vor Tagesanbruch wieder ab. Morgen Abend, so hoffe ich, werde ich eine sichere Unterkunft in Ohio haben. Leben Sie wohl, Sir. Wenn Sie hören, dass ich gefangen sei, so werden Sie wissen, dass ich nicht mehr lebe.« George reichte Mr Wilson die Hand.

Der freundliche, ältere Herr schüttelte sie herzlich und tippelte zur Tür hinaus.

Plötzlich sagte George: »Mr Wilson, noch ein Wort!«

Der ältere Herr wandte sich um, und George blickte kurz unentschlossen zu Boden. Dann hob er den Kopf wieder. »Mr Wilson, Sie waren sehr gütig zu mir, und Sie haben Recht, ich setze mich in der Tat einer großen Gefahr aus, und wenn ich sterbe, werde ich wie ein Hund verscharrt. Darf ich Sie um etwas bitten?«

»Natürlich, mein Junge.«

»Bitte senden Sie meiner Eliza – sie wird sich sicher bei den Shelbys melden, wenn sie in Sicherheit ist – diese kleine Schmucknadel als Zeichen meiner Treue, falls mir etwas passiert. Die Gute hat sie mir zu Weihnachten geschenkt. Sagen Sie ihr, dass ich sie bis zum letzten Atemzug geliebt habe. Machen Sie das?«

»Gern, mein armer George.«

»Dann sagen Sie ihr noch, es sei mein größter Wunsch, dass sie Kanada erreicht. Sagen Sie ihr, dass sie unseren

Sohn als freien Mann erziehen soll, damit er später nicht leiden muss wie sein Vater.«

»Ich werde es ihr sagen, aber ich hoffe, dass du nicht sterben wirst und ihr all das selbst sagen kannst. Fasse Mut, du bist ein braver Mensch.«

Gute Nachricht für Eliza

In der geräumigen Küche des Farmhauses im Wald war kein Staubkorn auf dem glänzenden Fußboden zu sehen, blanke Zinngefäße standen penibel aufgereiht im Regal und die Holzstühle ordentlich um den Tisch, in einer Ecke war ein kleiner Schaukelstuhl mit einem hübsch bestickten Sitzkissen, daneben ein großer alter Lehnstuhl, dessen weite Armlehnen und weiche Polsterung zum Niedersetzen einluden.

In diesem Stuhl saß Eliza bei einer Handarbeit.

Ihre großen dunklen Augen erhoben sich immer mal wieder, um den Sprüngen ihres kleinen Harry zu folgen, der wie ein Schmetterling in der Küche umherflatterte. Elizas Blick verriet eine ungewohnte Entschlossenheit.

Neben ihr saß eine Frau mit einem blanken zinnernen Napf im Schoß, in dem gedörrte Pfirsiche lagen. Sie mochte etwa sechzig Jahre alt sein. Das Alter schien ihr Gesicht noch zu verschönern. Die Krepphaube, das glatte weiße Musselintuch und das graue Kleid verrieten, das sie den Quäkern angehörte, einer sittenstrengen und wohltätigen Glaubensgemeinschaft. Ihr Gesicht war rund und sah blühend aus, ihr Haar von der Stirn aus glatt zurückgekämmt, und ihre großen, liebevollen braunen Augen glänzten.

Während Rachel Halliday, so der Name der Quäkerin, leise hin und her schaukelte, begleitete ein leises Knarren jede Bewegung des Stuhls. »Du denkst also immer noch daran, nach Kanada zu gehen, Eliza?«, fragte sie.

»Ja, Madam«, antwortete Eliza fest. »Ich muss weiter, ich darf nicht hier bleiben.«

»Und was willst du tun, wenn du dort ankommst? Das musst du auch bedenken, mein liebes Kind!«

Elizas Hände begannen bei diesen Worten zu zittern, und auf ihre feine Handarbeit fielen Tränen, aber sie antwortete bestimmt: »Ich werde tun, was sich findet!«

»Du weißt, dass du hier bleiben kannst, so lange du willst«, sagte Rachel.

»Oh, ich danke Ihnen für Ihre Güte, aber ich habe hier keine Ruhe. Nachts kann ich nicht schlafen, und wenn ich doch mal in einen kurzen Schlaf falle, sehe ich im Traum den Sklavenhändler in den Hof kommen und meinen Harry ergreifen.« In Elizas Stimme klang der Schauder mit, den ihr der Traum bereitet hatte.

»Armes Kind«, sagte Rachel. »Aber aus unserer Gegend ist noch nie ein Flüchtling gestohlen worden.«

In diesem Moment öffnete sich die Tür, und eine kleine, runde Frau mit einem blühenden Gesicht wie ein reifer Apfel erschien auf der Schwelle. Sie war ebenso wie Rachel in Grau und Weiß gekleidet.

»Ruth Stedman!«, rief Rachel und ging freudig auf die Frau zu. »Wie geht es dir?«

»Danke, gut«, erwiderte Ruth, die ihr graues Hütchen abnahm, mit ihrem Taschentuch abstaubte und flink ihre Lockenfrisur wieder in Ordnung brachte. Sie mochte etwa fünfundzwanzig Jahre alt sein und war eine herzige, muntere kleine Person.

»Ruth, das ist Eliza, und dies ist ihr kleiner Knabe, von dem ich dir erzählt habe.«

»Es freut mich, dich zu sehen, Eliza, es freut mich wirklich sehr«, sagte Ruth und schüttelte Eliza die Hand. »Und dies ist also dein liebes Kind. Ich habe ihm Kuchen mitgebracht.« Sie hielt dem Knaben ein kleines Herz aus Teig hin, das Harry schüchtern annahm.

»Wo ist dein Kleiner, Ruth?«, fragte Rachel.

»Oh, deine Mary nahm ihn mir auf dem Weg zum Haus ab. Sie ist mit ihm zur Scheune, um ihn den anderen Kindern zu zeigen.«

In diesem Augenblick öffnete sich die Tür abermals und Mary, ein hübsches, frisch aussehendes Mädchen, die ihrer Mutter sehr ähnelte, trat mit Ruths Säugling auf dem Arm ein.

»Ah, da ist er ja!«, rief Rachel und nahm ihrer Tochter den Knaben ab. »Wie gut er aussieht, und wie er gewachsen ist.«

»Das ist er wahrlich«, sagte Ruth und zog dem Säugling die kleine blauseidene Kapuze und das Mäntelchen aus. Nachdem sie dann noch hier und da an seinem Anzug gezupft und ihn herzlich geküsst hatte, nahm sie ihn Rachel vom Arm und legte ihn auf eine Decke.

Der kleine steckte den Daumen in den Mund und schien bald einzuschlummern. Ruth setzte sich an den Tisch und holte blau und weiß gesprenkelte Wolle aus ihrer Tasche, aus der sie eifrig einen langen Strumpf zu stricken begann.

»Mary, würdest du den Kessel am Brunnen füllen?«, bat Rachel ihre Tochter.

Mary ging zum Wasser holen an den Brunnen und stellte kurz darauf den gefüllten Kessel auf den Ofen. Schon bald zischte und dampfte es. Nun wurden die Pfirsiche in einer Dämpfpfanne ebenfalls aufgesetzt.

Rachel band sich eine Schürze, mischte Zutaten auf einem Brett und backte einige Biskuitkuchen. Mary bat sie, John zu sagen, dass er ein Hühnchen bereithalten solle.

Während Rachel und Ruth sich gegenseitig alle möglichen Neuigkeiten erzählten, saß Eliza still in dem Lehnstuhl und erledigte ihre Handarbeit.

Nach einer Weile kam Simeon Halliday in einem grauen Rock und grauen Beinkleidern und mit einem breitkrempigen Hut auf dem Kopf zu den Frauen in die Küche.

»Guten Tag, Ruth. Wie geht es dir?«, fragte er freundlich und reichte ihr seine Hand, »und wie geht es John?«

»Oh, danke gut«, antwortete Ruth.

»Was gibt's, Simeon?«, fragte Rachel ihren Mann und schob die Kuchen in den Backofen.

»Peter Stebbins hat mir eben gesagt, dass er heute Abend mit *Freunden* hierher kommt«, erwiderte Simeon. Man merkte ihm an, dass dies keine gewöhnliche Nachricht war.

Rachel warf einen sorgenvollen Blick auf Eliza.

»Hast du nicht gesagt, dass dein Name Harris sei?«, fragte Simeon.

Eliza antwortete mit zitternder Stimme: »Ja, Sir.« Sie befürchtete stets, dass steckbrieflich nach ihr gesucht würde. So auch jetzt.

Simeon verließ die Küche, ohne ein Wort der Erklärung. »Rachel!«, rief er nach einer Weile von draußen.

Rachel folgte dem Ruf und ging hinaus.

»Elizas Gatte soll in der Ansiedlung sein, er wird heute Abend hierher kommen.«

»Oh, bist du dir sicher, Simeon?«, rief Rachel freudestrahlend.

»Es soll so sein. Peter war gestern mit dem Wagen in der anderen Niederlassung. Dort begegnete er einer alten Frau und zwei jungen Männern, von denen der eine sagte, dass er George Harris heiße, ein freundlicher, hübsch aussehender Bursche.«

»Lass uns mit Ruth sprechen. Sie weiß immer guten Rat. Ruth, komm her!«, rief Rachel nun nach ihrer Freundin.

»Was meinst du«, sagte Rachel. »Simeon sagt, dass Elizas Gatte ebenfalls flüchten konnte und heute Abend hierher gebracht wird. Sollen wir es Eliza schon sagen?«

»Gewiss! Was denkst du, was ich fühlen würde, wenn ich an ihrer Stelle wäre und mein John käme zu mir. Sie muss es wissen.« Sie legte bittend ihre Hände auf Rachels Arm.

Rachel ging zurück in die Küche und nahm Eliza beiseite. »Ich habe dir etwas mitzuteilen«, sagte sie aufgeregt.

Da stieg Eliza das Blut in ihr bleiches Gesicht, sie blickte voller ängstlicher Besorgnis auf ihren Knaben.

»Nein, nein, fürchte dich nicht«, beruhigte Ruth sie und fasste nach ihrer Hand. »Es ist eine gute Nachricht, Eliza.« Dann nahm sie den kleinen Harry in ihre Arme und küsste ihn. »Du wirst deinen Vater sehen, dein Vater kommt!«, rief sie, als der Kleine sie verwundert anstarrte. Nun zog Rachel Halliday auch Eliza an sich. »Der Herr hat dir Gnade bewiesen, meine Tochter. Dein Mann ist der Knechtschaft entronnen.«

Eliza setzte sich halb ohnmächtig vor Freude nieder.

»Fasse Mut, Kind«, sagte Rachel, »dein Mann befindet sich bei guten Freunden, die ihn heute Abend zu dir bringen werden.«

»Heute Abend?« Elizas Kopf wurde von Schwindel ergriffen, es verschwamm ihr alles vor Augen und rückte in Ferne wie in einem Nebel. Da glitt sie auch schon zu Boden.

Als sie aus der Ohnmacht erwachte, lag sie in ihrem Bett, im Zimmer neben der Küche, und die kleine Ruth rieb ihr die Hände. Die Augenlider waren ihr noch schwer und sie fühlte sich matt, wie jemand, der eine viel zu schwere Last getragen hat und sich nun endlich ausruht.

Ruth stellte die Tür auf und ging zurück in die Küche. Eliza erblickte den Esstisch mit dem schneeweißen Tischtuch, hörte das leise Zischen des Teekessels, sah Ruth und Rachel mit Tellern voll Kuchen hin- und hertippeln und von Zeit zu Zeit stehen bleiben, um Harry einen Kuchen zu geben oder ihm über den Kopf zu streichen. Sie genoss es, wenn Rachel einer Mutter gleich an ihr Bett kam und das Bettzeug glättete. Ihre Augen strahlten dabei so sehr, dass Eliza meinte, unter ihrem Blick wie von Sonnenstrahlen gewärmt zu werden. Sie beobachtete, wie sich alle zum Tee an den großen Küchentisch setzten und lauschte dem leisen Gemurmel der Gespräche. Darüber schlief sie schließlich ein. Sie schlief so fest, wie sie seit der furchtbaren Stunde, als sie mit ihrem Kind von dem Gut der Shelbys entflohen war, nicht geschlafen hatte. Sie träumte von einem schönen Land, von grünen Ufern, blühenden Inseln und glitzerndem Wasser, und dort, in einem Haus, das ihr Zuhause war, sah sie ihren Knaben frei und glücklich spielen. Sie hörte die Schritte ihres Gatten, und seine Tränen benetzten ihr Gesicht. – Doch dieses letzte Bild war kein Traum mehr.

George saß tatsächlich mit Tränen in seinen Augen neben ihrem Bett und hielt ihre Hand. Das Licht des Tages war verblichen. und Harry schlummerte tief und fest an ihrer Seite.

Am folgenden Morgen ging es in dem kleinen Quäkerhaus sehr heiter zu. Rachel war beizeiten aufgestanden und bereitete das Frühstück vor, das in den Tälern von Indiana meist reichhaltig ausfiel.

Während John etwas später an die Quelle lief, um frisches Wasser zu holen, Simeon der Jüngere, einer von Rachels und Simeons Söhnen, das Mehl zum Maiskuchen siebte und Mary Kaffee mahlte, backte Rachel frische Biskuitkuchen, zerlegte ein Huhn und verbreitete dabei ausgelassene Fröhlichkeit.

Endlich saßen alle beim Morgenmahl und George fühlte sich zum ersten Mal wie ein Ebenbürtiger am Tisch des weißen Mannes. Seine Befangenheit verschwand so rasch wie Nebel in den warmen Strahlen der Sonne.

»Vater, was ist, wenn du ertappt würdest. Das Gesetz erlaubt es nicht, Sklaven zu helfen«, sagte Simeon der Jüngere.

»Ich würde wohl eine Strafe bezahlen«, entgegnete der Vater ruhig.

»Und wenn du ins Gefängnis musst?«

»Könntest du nicht mit der Mutter das Gut allein verwalten?«, fragte Simeon seinen Sohn nun lächelnd.

Der Junge errötete. Seine Mutter aber sagte sanft: »Simeon ist ein guter Sohn. Mit der Zeit wird er seinem Vater ähnlich werden.«

George hatten die Worte des Kindes in Sorge versetzt. »Ich hoffe doch nicht, mein guter Sir, dass Sie unseretwegen Unannehmlichkeiten haben werden«, sagte er.

»Fürchte nichts, lieber George, wenn wir uns für das Gute nicht einsetzen, auch wenn es Unangenehmes mit sich bringen kann, so wären wir unseres Namens nicht würdig.«

»Aber, ich könnte es nicht ertragen, wenn –«

»Dann beruhige dich«, unterbrach ihn Simeon. »Wir tun es nicht für dich, sondern für Gott und die Menschen.«

Auf dem Mississippi

Die Strahlen der untergehenden Sonne glitzerten auf der meeresgleichen Fläche des Mississippis und ließen das schwankende Rohr und die dunklen Zypressen am Ufer erglühen, während das schwer beladene Dampfboot flussabwärts dahintrieb.

Bis hoch über die Bordwände mit Baumwollballen beladen war es auf dem Weg nach New Orleans, wo ein großer Markt abgehalten wurde, auf dem auch Sklaven verkauft wurden. Dorthin wollte Mr Haley Tom bringen.

Tom saß auf dem oberen Verdeck des Schiffes. Da er stets bereitwillig half, wo es Arbeit gab, hatte er sich die Zuneigung sämtlicher Schiffsleute erworben. Wenn für ihn nichts zu tun war, kletterte er auf die Baumwollballen am Hinterdeck. Dort saß er nun mit seiner kleinen Bibel in der Hand. Plötzlich erspähte er etwas in der Ferne.

Mehr als hundert Meilen oberhalb von New Orleans liegt der Fluss nämlich höher als das umliegende Land und wälzt seine ungeheuren Massen zwischen zwanzig Fuß hohen Deichen dahin.

Tom sah in einiger Entfernung die Sklaven bei ihrer Arbeit auf den Feldern, er sah ihre Hüttendörfer in langen Reihen, und während die Landschaft an ihm vorüberzog, dachte er voller Wehmut an das Gut der Shelbys in Kentucky mit seinen schattigen Buchen, an das Herrenhaus mit seinen kühlen Hallen und an die Rosenhecke im Garten vor der Hütte.

Unter den Passagieren befand sich auch ein vermögender junger Mann aus New Orleans, der den Namen St. Clare trug. Er reiste mit seiner beinahe sechsjährigen Tochter und einer Dame mittleren Alters.

Tom hatte das kleine Mädchen von Anfang an beobachtet. Es war ein lebhaftes Kind, das es nicht lange an einem Ort aushielt. Das Mädchen war so lieblich, dass jeder, der es einmal gesehen hatte, es nicht wieder vergaß. In seinem zarten Gesicht lag ein träumerischer Ernst, und das wohlgeformte Köpfchen umflatterten goldblonde Haare. Wer auch immer in seine leuchtend blauen Augen sah, wollte den Blick nicht mehr von ihm wenden. Wenn es über das Schiff lief, war es, als schwebte es dahin, so leichtfüßig waren seine Schritte. Sein Vater und seine Hüterin waren ständig auf der Suche nach der Kleinen, doch wenn sie endlich eingefangen war, gab es keine strengen Worte für sie, denn die

Erwachsenen schmolzen in ihrer Nähe dahin wie Sommerwolken im warmen Wind.

Obwohl die Kleine stets ein weißes Kleidchen trug und es weder auf der oberen noch auf der unteren Ebene einen Winkel gab, an dem ihr Goldköpfchen nicht gesehen worden wäre, beschmutzte sie sich nie.

Tom kam das Mädchen wie ein überirdisches Wesen vor, und wenn es ihn von einem Baumwollballen her ansah, glaubte er beinahe, dass ein Engel vom Himmel herabgestiegen wäre.

Traurig schritt die Kleine an der Stelle vorüber, wo die schwarzen Männer und Frauen in Ketten saßen, die Haley auf dem Markt verkaufen wollte. Sie sah sie wehmütig an, befühlte zuweilen die Ketten und brachte den armen Gefangenen so oft wie möglich Nüsse und Orangen, die sie möglichst gerecht verteilte.

Tom beobachte die Kleine zunächst bloß, dann sprach er sie an. Er verstand es, mit Kindern umzugehen und sich ihre Zuneigung zu erwerben. Er schnitzte Körbchen aus Kirschkernen, bastelte aus Nussschalen lustige Gesichter und formte aus Holundermark Stehaufmännchen.

Die Kleine jedoch war trotz ihrer lebendigen Neugier auch schüchtern und ließ sich nicht leicht beeindrucken. Zuerst saß sie wie ein Kanarienvögelchen auf einem Koffer in Toms Nähe, während dieser seine kleinen Künste vorführte, und nahm die dargebotenen Gegenstände nur mit ängstlicher Verlegenheit an. Mit der Zeit allerdings wurden die beiden vertrauter.

»Wie heißt du, kleine Miss?«, fragte Tom eines Nachmittags, nachdem er den Schiffsleuten mal wieder geholfen hatte und ohne Ketten dasaß.

»Evangeline St. Clare«, erwiderte die Kleine. »Aber Papa und die anderen nennen mich Eva. Und du?«

»Mein Name ist Tom, die kleinen Kinder in Kentucky nannten mich aber Onkel Tom.«

»Dann will ich dich auch Onkel Tom nennen, denn du gefällst mir«, sagte Eva. »Wohin gehst du denn, Onkel Tom?«

»Ich weiß es nicht, Miss Eva.«

»Mein Papa kann dich kaufen!«, rief Eva plötzlich, der Gedanke, Onkel Tom immer bei sich zu haben, schien ihr zu gefallen. »Ich will ihn noch heute bitten, es zu tun.«

»Ich danke Ihnen, meine kleine Miss«, versetzte Tom.

Das Boot hielt an einem Landungsplatz, um Holz aufzuladen, und Eva eilte fort.

Kurz darauf stand sie mit ihrem Vater am Schiffsgeländer. Neugierig beugte sie sich vor, verlor plötzlich das Gleichgewicht und fiel über die Bordwand ins Wasser.

Tom, der das Unglück beobachtet hatte, sprang ebenfalls ins Wasser. Es dauerte nur wenige Augenblicke, bis er das Kind aus dem Wasser auftauchen sah. Bevor es von dem Strom wieder in die Tiefe gerissen werden konnte, packte er es und schloss es in seine Arme, schwamm zum Schiff zurück und reichte das Mädchen triefend nass den Händen, die sich ihm entgegenstreckten.

Als sich der Dampfer am nächsten Tag New Orleans näherte, saß Tom auf dem unteren Deck und blickte besorgt zur anderen Seite des Schiffes. Hier stand Evangeline, ein wenig bleicher als vor ihrem Sturz in den Fluss, aber scheinbar ohne größere Verletzungen.

Ihr Vater stand neben ihr an einen Baumwollballen gelehnt und öffnete seine große Brieftasche. »Was verlangen Sie denn für den Burschen?«, fragte er Mr Haley.

»Nun«, sagte der Händler, »wenn ich dreizehnhundert Dollar fordere, komme ich gerade mal auf meine Kosten.«

»Sie armer Mann«, entgegnete Evas Vater, »aber Sie werden ihn mir wahrscheinlich als Freundschaftspreis dennoch dafür lassen.«

»Der Preis ist wirklich gut, Sir«, bekräftigte Haley. »Sehen Sie die Glieder des Burschen an, er ist breitschultrig und stark wie ein Pferd. Er ist ganz sicher viel mehr wert. Der Bursche hat das ganze Gut seines Herrn verwaltet.«

»Papa, bitte kauf ihn! Egal wie viel du für ihn bezahlen musst«, flüsterte Eva ihm ins Ohr, nachdem sie auf den Baumwollballen gestiegen war, um auf einer Höhe mit dem Vater zu sein.

»Warum willst du gerade diesen Sklaven, Eva?«

»Ich will ihn glücklich machen.«

»Na, das ist jedenfalls ein origineller Grund.«

Haley hielt St. Clare ein von Mr Shelby unterzeichnetes Zeugnis unter die Nase. »Bitte, überzeugen Sie sich, welch treuer Bursche der Kerl ist.«

Der junge Mann las nur flüchtig, dann zählte er ein Bündel Banknoten ab und reichte es dem Händler.

»In Ordnung«, sagte Haley, nachdem er die Geldscheine nachgezählt hatte, und füllte eine Quittung aus.

Der junge Mann hob seine Tochter von dem Ballen herunter und murmelte gedankenverloren: »Ich möchte wissen, wie viel ich einbringen würde …« Dann sagte er: »Komm, Eva«, nahm seine Tochter bei der Hand und schlenderte mit ihr zur anderen Seite des Schiffes hinüber. »Schau auf, Tom, und sieh, wie dir dein neuer Herr gefällt«, sagte er wenig später freundlich zu Tom.

Tom sah auf. Das heitere, jugendlich schöne Gesicht, in das er blickte, musste ihm einfach gefallen. »Gott segne Sie, Master«, sagte er.

»Nun, ich hoffe, dass er es tun wird. Nach allem, was ich jedoch eben gelesen und gehört habe, wird er es auf dein Bitten hin wahrscheinlich eher tun als auf das meine. Verstehst du mit Pferden umzugehen, Tom?«

»Ich habe immer mit Pferden zu tun gehabt, Master, Mr Shelby hat viele auf seinem Gut aufgezogen.«

»Nun, ich denke, ich werde dich zum Kutscher ernennen, aber unter einer Bedingung, dass du dich nicht mehr als einmal wöchentlich betrinkst.«

Tom schien sich ein wenig gekränkt zu fühlen. »Ich trinke nie, Master«, sagte er.

»Das habe ich schon oft gehört, aber wir werden sehen. Es wird sowohl für dich als auch für mich angenehmer sein, wenn du es nicht tust.«

»Und du sollst es gut haben«, bemerkte Eva. »Papa ist sehr lieb zu allen, nur dass er sich gern über andere lustig macht.«

»Der Papa ist für deine Empfehlung sehr dankbar«, sagte St. Clare lachend.

Augustin St. Clare und seine Cousine Ophelia

Augustin St. Clare war der Sohn eines reichen Pflanzers aus Louisiana. Bereits als Kind zeichnete ihn eine gefühlvolle Art und ein empfindsames Gemüt aus, das sich mit den Jahren allerdings immer mehr unter einer rauen Schale verbarg. Von dem weichen Kern wussten seine nahen Menschen jedoch sehr gut. St. Clare besaß ausgezeichnete Talente, die er im praktischen Leben aber nicht gern unter Beweis stellte. Daher kam es ihm sicher gelegen, dass seine Braut, Marie, das schönste Mädchen der Stadt, eine Mitgift von hunderttausend Dollar in die Ehe einbrachte.

Das junge Paar bezog eine prächtige Villa am Pontchartrain-See und später ein großes Herrenhaus in New Orleans, nahe der Stadt. Die Villa am See diente fortan als Sommersitz.

Dem jungen Glück schien zunächst nichts im Weg zu stehen. Doch kurz nach den Flitterwochen entdeckte Augustin, dass Marie, die in ihrem Leben immer nur bevorzugt behandelt und verwöhnt worden war, sich im häuslichen Leben als untüchtig erwies. Marie war hauptsächlich mit sich selbst beschäftigt. Ihr Vater, dessen einziges Kind sie war, hatte ihr nie etwas versagt, und als feingebildetes, junges Mädchen war sie immer von einem ganzen Schwarm von Schmeichlern umgeben. St. Clare war gutmütig und nachsichtig mit ihr. Er bemühte sich, mit Geschenken und Schmeicheleien den Frieden im Haus zu erhalten. Doch erst als Evangeline geboren wurde, fühlte er sich wirklich glücklich. Stolz nannte er die Tochter nach seiner Mutter, die stets für ihren reinen Charakter bewundert worden war. Doch der jungen Marie gefiel das gar nicht. Sie schien überhaupt nur noch Ärger und Zorn über andere Menschen zu empfinden. Dabei hätte sie viel Grund gehabt, sich über sich selbst zu ärgern, da sie die meiste Zeit untätig herumsaß und keine Aufgabe für sich fand. Als auch noch ihre Gesundheit immer mehr abnahm, verwandelte sich das blühende Mädchen allmählich in eine vom Gram gezeichnete, kränkliche Frau, die ihre Zeit mit nichts außer mit eingebildeten Krankheiten auszufüllen wusste und die sich in jeder Beziehung für die unglücklichste Person auf Erden hielt. Sie klagte fast jeden Tag über heftige Kopfschmerzen, sodass sie meist den ganzen Tag ruhte und alle häuslichen Anordnungen den Dienern überließ.

St. Clare machte sich große Sorgen um seine einzige Tochter, Evangeline, die äußerst zart war und der es seines Erachtens nach an Fürsorge fehlte. Da er befürchtete, dass

Eva nicht genügend Aufsicht erhielt, hatte er sie auf seine Reise nach Vermont in Neuengland mitgenommen, um dort seine Cousine, Miss Ophelia St. Clare, die dort bei ihren Eltern lebte, zu bitten, zu ihnen nach New Orleans zu ziehen, um sich um die Kleine zu kümmern.

Miss Ophelia hatte bis dahin auf der Farm im Haus ihrer Eltern fünfundvierzig Jahre ein ruhiges und geordnetes Leben verbracht.

Farmhäuser in Neuengland waren zu dieser Zeit an Ordnung und Reinlichkeit wohl nicht zu übertreffen. Das galt auch für das Haus von Ophelias Familie. Im Zaun war kein Pfahl locker, im Hof mit den blühenden Holunderbüschen war kein welkes Blatt zu finden, die großen Zimmer im Innern des Hauses waren stets sauber geputzt, und jedes Ding hatte seinen festen Platz, jegliche häusliche Pflicht wurde pünktlich verrichtet.

Es gab keine Diener; die Damen des Hauses mit den schneeweißen Hauben und Brillen auf den Nasenspitzen, die am Nachmittag nähend am Tisch saßen, erledigten in den Morgenstunden selbst die Arbeit für den ganzen Tag. Der Küchenfußboden wurde geputzt, die Mahlzeiten wurden vorbereitet, das Waschen und Plätten wurde verrichtet.

Obgleich Ophelia längst erwachsen und zudem die älteste der Töchter im Haus war, wurde sie von ihren Eltern oft noch immer wie ein *Kind* behandelt. Der greise Vater sah auf einer Landkarte genau nach, wo die Heimat des Neffen lag und las Bücher, um sich über Louisiana zu informieren. Die Mutter fragte ängstlich, ob New Orleans nicht ein gottloser Ort sei.

Ophelias strenges Gesicht wurde in diesem Moment noch etwas ernster. Sie presste die Lippen aufeinander und dachte kurz nach, während ihre lebhaften dunklen Augen forschend umherblickten. Sie war es gewöhnt, rasch zu handeln und nicht unnötig Zeit zu verlieren. Sie besaß einen klaren Verstand, war religiös und in der Geschichte und den englischen Klassikern belesen, liebte es, Ordnung zu halten, und traf Entscheidungen mit großem Scharfsinn.

Sah Miss Ophelia etwas als ihre Pflicht an, zauderte sie nicht. Daher benötigte Augustine St. Clare auch nicht viel Überredungskunst, als er seine Cousine bat, die kleine Eva zu beaufsichtigen, da es sonst niemand tat. Ophelia hatte bald beschlossen, mit nach New Orleans zu kommen, und kurz darauf waren alle Reisevorbereitungen getroffen worden.

Nun saßen Ophelia, die ihr elegantes Reisekleid aus blauem Leinen trug, und Eva zwischen den gepackten Koffern in ihrer Kajüte, denn in Kürze sollte das Dampfschiff New Orleans erreichen.

»Nun, mein Kind, hast du dir unsere Sachen gemerkt? Du hast die getüpfelte Reisetasche und die kleine blaue Schachtel, das sind zwei Gepäckstücke, mit meinem Korb sind es drei, mit dem Nähtischchen vier, meiner Hutschachtel fünf, meiner Reisekiste sechs, dem Koffer sieben. – Wo hast du deinen Sonnenschirm, Eva?«

»Tantchen, wir gehen doch nur nach Hause«, versuchte die kleine Ophelia zu beruhigen.

»Ist dein Fingerhut gut untergebracht, Eva?«

»Och Tantchen, ich weiß nicht.«

»Dann lass mich dein Kästchen durchsehen ... Fingerhut, Wachs, Schere, Messer, Stopfnadel, alles da. Wie hast du es nur angestellt, Kind, nicht alles zu verlieren, als du mit deinem Vater allein unterwegs warst?«

»Ach Tantchen, ich habe auch viel verloren. Aber wenn ich etwas brauchte, kaufte es mir Papa neu!«

»Gott steh uns bei, Kind, welch ein Verfahren!«

»Es war sehr *bequem*, Tantchen!«

»*Entsetzlich* ist wohl das passendere Wort!«, gab Ophelia zurück und versuchte ihren Koffer zu schließen.

»Tantchen, der Koffer ist doch viel zu voll, den kriegst du niemals zu.«

»Er *muss* zugehen«, sagte Ophelia und sprang auf den Deckel. Steige mit herauf, Eva. Ist er einmal zugegangen, wird es auch ein zweites Mal gehen.«

Endlich gab der Koffer nach, und das Schloss rastete ein. Miss Ophelia drehte den Schlüssel herum und steckte ihn in die Tasche. »Jetzt sind wir fertig. Wo ist dein Vater? Eva, bitte, sieh doch mal nach, ob du ihn findest.«

Eva verschwand nur kurz. »Er ist unten in der Herrenkajüte und isst eine Orange«, sagte sie außer Atem.

Das Boot begann, begleitet von einem Geräusch, das wie tiefes Stöhnen klang, zu wenden, um schließlich zwischen einem Heer von Dampfern hindurch in den Hafen einzulaufen.

Eva zeigte ihrer Tante die verschiedenen Türme und Kuppeln, an denen sie ihre Vaterstadt erkannte.

Auf dem Schiff entstand nun der Tumult, der auf ankommenden Schiffen gewöhnlich ausbricht. Miss Ophelia jedoch stellte ihre Habseligkeiten in schöner Ordnung vor der Kabine auf und setzte sich ruhig auf ihre Reisekiste, in der Absicht, sie bis zum letzten Augenblick vor unachtsamen Tritten und Stößen zu verteidigen.

»Soll ich Ihr Gepäck nehmen, Madam?« – »Lassen Sie mich Ihre Kiste tragen, Misses.« Diese und ähnliche Fragen regneten auf Ophelia herab, die mit finsterer Entschlossenheit dasaß, wie eine aufrecht in ein Brett gesteckte Stopfnadel. Ein Bündel aus Sonnen- und Regenschirmen fest in der Hand haltend, antwortete sie den freundlichen Herren mit Entschiedenheit: »Nein, danke.« Von Zeit zu Zeit fragte sie Eva: »Wo in aller Welt bleibt dein Vater? Er wird doch nicht ins Wasser gefallen sein?«

Nach einiger Zeit kam Augustin St. Clare schlendernd herbei, gab Eva ein Viertel von einer Orange und sagte: »Nun, Cousine, bist du bereit?«

»Ich warte seit beinahe einer Stunde auf dich!«, schimpfte Ophelia.

»Ach, ich habe erst den Wagen vorfahren lassen, und der Tumult hat sich jetzt ein wenig gelegt, da können wir das Schiff ohne Gerangel verlassen.« Zu einem neben ihm stehenden Kutscher gewandt sagte er: »Nimm diese Sachen und trage sie zum Wagen.«

»Das hier und das und das werde ich aber selbst tragen!«, wandte Ophelia bestimmt ein.

»Meine liebe Cousine, du musst dich schon ein wenig nach den südlichen Sitten richten. Hier kannst du als Dame nicht wie ein Esel bepackt an Land gehen. Man würde dich für eine Kammerjungfer halten. Gib alles diesem Mann, er wird deine Sachen so behutsam in den Wagen legen, als ob es Eier wären.«

Miss Ophelia ließ es tief betrübt geschehen, das ihr Vetter ihr alle ihre Schätze abnahm, und war entzückt, als sie dieselben im Wagen in bester Ordnung vorfand.

»Wo ist Tom?«, fragte Eva ihren Vater.

»Er sitzt auf dem Bock, mein Kind. Er ist unser neuer Kutscher. Hoffentlich ist er zuverlässiger als der alte.«

»Oh, ich weiß, dass Tom einen ausgezeichneten Kutscher abgeben wird!«, rief Eva.

Ankunft in New Orleans

Tom lenkte die Kutsche vom Hafen in die Stadt. Nach einiger Zeit gab Augustin St. Clare Tom das Zeichen, die Pferde zu zügeln, und die Kutsche fuhr wenig später in einen prachtvollen Innenhof ein und hielt vor einer reich verzierten Tür eines alten herrschaftlichen Gebäudes. Das viereckige Hauptgebäude umschloss einen Innenhof, an dessen vier Seiten breite Galerien verliefen. Mitten im Hof warf ein Springbrunnen seinen hohen Wasserstrahl empor, der in ein mit duftigen Veilchen eingefasstes Marmorbassin hinabfiel. Im Wasser des Brunnens schwammen herrlich glänzende Gold- und Silberfische, und um den Springbrunnen herum verlief ein kleiner Spazierweg, dessen Boden ein prächtiges Mosaik bildete, das von einem samtweichen Rasenstreifen umrandet war. Blumentöpfe aus Marmor, die mit bunten, meist tropischen Pflanzen bestückt waren, schmückten die üppigen Beete und Rasenflächen. Mächtige Granatbäume mit glänzenden Blättern und feurigroten Blüten, dunkelblättriger arabischer Jasmin, Geranien, bunte Rosenbüsche und goldgelber Jasmin gaben ein farbenprächtiges Bild ab. Ein süßer exotischer Duft lag in der Luft. Zwei blühende Orangenbäume luden besonders bei Hitze ein, in ihrem Schatten zu verweilen, und die Galerien waren mit schmuckvollen Vorhängen versehen, die nach Belieben zugezogen werden konnten.

»Ist meine Heimat nicht wunderschön?«, fragte Eva Miss Ophelia.

»Es ist ein großes, schönes Haus«, entgegnete diese im Aussteigen, »wenn es mir auch etwas alt und nicht sehr christlich vorkommt.«

St. Clare lächelte über die Bemerkung seiner Cousine, blickte zu Tom hinüber und meinte: »Dir scheint es zu gefallen.«

»Ja, Master, es ist schön hier«, antwortete Tom, doch er musste schmerzvoll an seine Heimat denken, die er sehr vermisste.

In diesem Moment kamen mehrere Männer, Frauen und Kinder durch die Galerien herbei. Vornweg lief ein schöner, junger Mulatte, der modisch gekleidet war und ein Taschentuch schwenkte. Dieser junge Mann war eifrig bemüht, die Dienerschaft zu organisieren. Die meisten der Schwarzen scheuchte er zum Ende der Veranda. »Zurück da! Schämt ihr euch nicht, so ungestüm den Master zu begrüßen?«, rief er in gebieterischem Ton, woraufhin diese dicht zusammengedrängt in ehrerbietiger

Entfernung stehen blieben, während zwei kräftige Diener herankamen und das Gepäck ins Haus zu schaffen begannen.

St. Clare begrüßte kurz Adolph, den ersten Diener, und führte Ophelia ins Haus. Eva war flink vorausgelaufen.

»Mama!«, rief sie freudig und fiel einer hochgewachsenen, schwarzäugigen Dame mit blassem Teint, die sich gerade von einem Sofa erhoben hatte, um den Hals.

»Schon gut, Kind, nimm dich in Acht, du machst mir Kopfschmerzen«, sagte die Mutter.

St. Clare trat hinzu, küsste seine Gattin und stellte ihr seine Cousine vor. Marie empfing sie höflich, aber kühl. Jetzt drängte sich die Dienerschaft in der breiten Eingangstür, allen voran eine Mulattin mittleren Alters, die vor Erwartung und Freude, Eva wiederzusehen, zitterte.

»Oh, da ist Mammy!«, rief Eva, warf sich in ihre Arme und küsste sie freudig wiederholte Male.

Diese Frau sagte nicht, dass sie ihr Kopfschmerzen bereite, sondern drückte das Kind an sich, lachte und weinte Freudentränen. Sobald Eva sich von ihr losgemacht hatte, hüpfte sie zu den anderen Dienern, schüttelte allen die Hand und küsste sie zur Begrüßung.

»Hallo, Mammy, Jimmy, Polly, Suky – freut ihr euch nicht, den Master zu sehen?«, sagte St. Clare und schritt händeschüttelnd an den Dienern vorbei, die sich in einer Reihe aufgestellt hatten, und gab jedem ein kleines Geldstück. Zum Dank wurde er mit Segenswünschen überhäuft. »So, jetzt aber hinaus«, sagte er schließlich, und die ganze Versammlung verschwand durch eine Tür auf die Veranda, wohin ihr Eva folgte, um aus einem großen Korb Äpfel, Nüsse, Kandiszucker, Bänder und Spitzen an alle zu verteilen.

Als St. Clare sich wieder seiner Frau zuwenden wollte, erblickte er Tom auf der Veranda, der von Adolph durch einen Kneifer abschätzig betrachtet wurde. »Pfui, Schlingel!«, rief St. Clare da und trat ebenfalls nach draußen. »Ist das die Art, wie du einen neuen Kollegen empfängst? Und, was seh ich, Dolph«, fügte er hinzu und deutete auf die elegante Weste, die Adolph trug, »ist das nicht *meine* Weste?«

»Oh Master, die Weste ist ganz mit Weinflecken beschmutzt. Ein Herr von Ihrem Stand kann sie nicht mehr tragen, und ich habe daher gedacht, dass ich sie nehmen könnte. Für einen Diener, wie ich es bin, ist sie noch gut genug.«

»So, so … nun das ist ein Grund«, sagte St. Clare amüsiert. »Jetzt will ich Tom aber erst mal seiner Herrin vorstellen, dann führst du ihn in die Küche. Aber dass du ihn nicht hochmütig behandelst! Er ist mehr wert als zwei solcher Schlingel wie du es bist.«

»Der Master muss immer Spaß machen«, sagte Adolph lachend.

»Komm mit, Tom«, sagte St. Clare.

Tom betrachtete wie geblendet die samtschimmernden Teppiche und die kostbaren Spiegel, die Gemälde, Statuen und die schweren Vorhänge in dem großzügigen Salon.

»Sieh, Marie«, rief St. Clare seiner Gattin zu, »ich habe dir einen Kutscher gekauft, wie du ihn wünschtest. Er trinkt nicht, ist zuverlässig und wird dich fahren, wohin du verlangst. Schau doch nur, und dann sage nicht, dass ich nie an dich denke, wenn ich auf der Reise bin.«

Marie richtete den Blick auf Tom. »Ich will hoffen, du hast Recht«, sagte sie, »obgleich ich nicht viel Hoffnung habe ... Und nun sag, warum du vierzehn Tage länger fort gewesen bist, als du versprochen hattest.«

»Ich hab dir den Grund doch geschrieben.«

»Du meinst die wenigen Zeilen in deinem Brief.«

»Ich hatte Glück, dass die Postkutsche gerade fuhr und musste mich beeilen. Ich hatte nur die Wahl kurz oder gar nicht zu schreiben.«

»Du hast immer einen Grund, um deine Reisen lang und deine Briefe kurz zu machen.«

St. Clare zog eine Samtschatulle aus seinem Rock hervor. »Hier ist ein Geschenk für dich.«

In der Schatulle war ein Bild, fein wie ein Kupferstich, das Eva und ihren Vater nebeneinander sitzend zeigte.

Marie betrachtete es unzufrieden. »Was hat dich bewogen, eine so unvorteilhafte Pose einzunehmen?«

»Die Pose ist Geschmackssache, aber was sagst du zu der Ähnlichkeit?«

Marie schloss das Etui. »Es ist sehr rücksichtslos von dir, St. Clare. Du weißt, dass ich den ganzen Tag Kopfschmerzen gehabt habe, und seit deiner Ankunft herrscht hier ein Lärm, dass ich halb tot bin.«

»Sie leiden an Kopfweh, Madam?«, fragte Ophelia. »Wacholderbeertee ist gut gegen Kopfschmerzen.«

»Ich werde von dem Wacholderbeerstrauch die reifen Früchte holen lassen«, sagte St. Clare und klingelte nach einem Diener. »Und du, liebe Cousine, du wirst dich von der Reise sicher ausruhen wollen.«

Nach dem Mittagessen saßen Augustin St. Clare, Marie, Eva und Ophelia noch eine Weile beisammen. »Nun, Marie«, begann St. Clare, »jetzt brechen deine goldenen Tage an. Ich habe unsere Cousine aus Neuengland geholt, damit sie dir die Sorgen von den Schultern nimmt und du dir Zeit nehmen kannst, dich zu pflegen.«

»Du meinst, es wird ihr anders gehen als mir? Das glaube ich nicht, auch sie wird merken, dass wir Herrinnen die eigentlichen Sklavinnen sind.«

Evangeline heftete ihre großen blauen Augen mit Erstaunen auf ihre Mutter. »Wozu hast du die Sklaven dann, Mama?«

»Ich weiß es wahrhaftig nicht. Manchmal denke ich, sie sind nur zu meinem Ärger da.«

»Marie, du bist heute aber wirklich übler Laune«, sagte St. Clare. »Nimm nur Mammy. Sie ist das beste Geschöpf der Welt.«

»Mammy ist allerdings die Beste, die ich je gekannt habe«, entgegnete Marie, »und doch ist auch sie selbstsüchtig.«

»Selbstsucht ist in der Tat für andere nicht gut zu ertragen. Aber Mammy ist doch nicht selbstsüchtig«, entgegnete St. Clare.

»Oh doch. Ich halte es für sehr selbstsüchtig von ihr, des Nachts so fest zu schlafen, dass sie mein Klingeln nicht hört. Dabei weiß sie, dass ich fast jede Stunde kleiner Dienste bedarf, und doch ist sie kaum zu wecken.«

»Aber Mammy hat schon so viele Nächte an deinem Bett gewacht«, sagte nun die kleine Eva.

»Woher weißt du das?«, fragte Marie unsanft.

»Sie erzählte es mir. Sie ist oft in Sorge um dich.«

»Warum lässt du sie nicht im Wechsel mit Jane oder Rosa bei dir wachen, damit auch sie sich ausruhen kann?«, fragte St. Clare.

»Wie kannst du mir nur einen solchen Vorschlag machen! Du bist wirklich rücksichtslos! Jede andere Dienerin würde mich wahnsinnig machen. Nein, ich brauche Mammy. Wenn sie nur etwas mehr Mitgefühl hätte, so würde sie des Nachts beim ersten Klingeln erwachen. Überhaupt wird unsere Dienerschaft viel zu nachsichtig behandelt.«

Eva rückte mit ihrem Stuhl näher an den ihrer Mutter heran und schlang plötzlich die Arme um ihren Hals.

»Nun, Eva, was gibt es wieder?«, fragte Marie.

»Mama, könnte ich nicht eine Nacht bei dir wachen? Nur eine einzige? Ich würde ganz leise sein und gut auf dich aufpassen.«

»Aber Eva, wie kommst du nur auf solch eine Idee«, erwiderte Marie.

»Bitte, Mama, darf ich? Ich glaube, Mammy ist nicht gesund. Sie hat mir erzählt, dass sie in der letzten Zeit oft arge Kopfschmerzen habe.«

»Das ist doch bloß wieder eine von Mammys Einbildungen! Wenn ihr ein wenig der Kopf oder der kleine Finger weh tut, macht sie gleich ein großes Aufheben darum. Ich habe in solchen Dingen feste Grundsätze«, sagte Marie und blickte Ophelia an, die schweigend dem Gespräch zuhörte. »Wenn man die Diener darin bestärkt, sich über jedes Unwohlsein zu beklagen, so werden Sie nicht mit ihrer Arbeit fertig. Und ich, die ich selbst allen Grund hätte, ich beklage mich nie – kein Mensch weiß, was ich zu leiden habe.«

Ophelia konnte ihre Verwunderung über diese Selbsteinschätzung Maries nicht verbergen und zog erstaunt die

Augenbrauen hoch, was St. Clare so komisch fand, dass er in lautes Gelächter ausbrach.

»St. Clare lacht stets, wenn ich die geringste Anspielung auf meine Leiden mache«, entgegnete Marie gekränkt und tupfte sich mit einem Taschentuch die Augen.

Verlegen blickte St. Clare auf seine Uhr, stand auf und sagte, dass er in der Stadt noch etwas zu erledigen habe. Eva rutschte ebenfalls vom Stuhl, sodass Ophelia und Marie allein am Tisch sitzen blieben.

»Das sieht St. Clare ganz ähnlich. Er denkt, ich könnte alles ertragen«, sagte Marie, wischte sich eine letzte Träne mit dem Taschentuch aus dem Gesicht und zupfte ihr Kleid zurecht. Dann begann sie mit Ophelia ein Gespräch über Geschirrschränke, Wäscheschränke, Vorratskammern und andere Haushaltsdinge, und gab ihr so viele Anweisungen, dass Ophelia sicher davon schwindlig geworden wäre, wenn sie nicht so eine exzellente Auffassungsgabe und ein so gutes Gedächtnis gehabt hätte. »Noch eins«, fügte sie zum Schluss hinzu, »Eva bedarf der Aufsicht.«

Ophelia nickte, holte einen angefangenen Strickstrumpf aus ihrer Tasche und begann eifrig zu stricken.

Tom hatte gleich am ersten Tag einen sauberen Tuchanzug, einen feinen Hut, glänzend geputzte Stiefel, schneeweiße Manschetten und einen ebensolchen Hemdkragen, und er bezog eine ordentliche Kammer über dem Stall, in die er sich zurückziehen konnte, wenn er seine Arbeit erledigt hatte. Sie enthielt ein Bett, einen Stuhl und einen kleinen Tisch, auf dem seine Bibel und ein Gesangbuch lagen.

Tom konnte sich über seine Unterbringung auf dem Anwesen der St. Clares und die Art, wie man ihn behandelte, nicht beklagen. Eva hatte ihren Vater gebeten, dass er ihn ihr zum Begleiter gab, sodass er viel Zeit mit der Kleinen verbringen würde.

Doch glücklich war Tom nicht. Er vermisste Chloe, seine Kinder und das Leben auf dem Gut der Shelbys, und seine Sehnsucht wurde immer größer.

Eines Tages hatte er Miss Eva um ein Blatt Papier gebeten. Seine geringen Kenntnisse zusammennehmend war er auf den kühnen Gedanken gekommen, Chloe einen Brief zu schreiben. Auf seiner Schiefertafel wollte er den Brief vorschreiben. So saß er nun mit der Tafel vor sich an seinem Tisch. Doch schon beim ersten Wort stockte er. Er hatte viele der Buchstaben vergessen. Während er vor Kummer laut aufstöhnte, trat Eva hinter seinen Stuhl und sah ihm über die Schulter.

»Ach, Onkel Tom«, sagte sie, »was für spaßige Bilder malst du da?«

»Ich versuche an meine arme alte Frau und an meine Kinder zu schreiben, Miss Eva«, antwortete Tom. »Aber ich fürchte, dass ich es nicht schaffe!«

»Ich wünschte, ich könnte dir helfen, Tom! Ich habe vor kurzem ein wenig Schreiben gelernt. Aber ich weiß noch nicht alle Buchstaben.« Damit legte Eva ihren goldlockigen Kopf dicht an seinen, und beide überlegten fieberhaft, wie sich das eine und das andere Wort wohl schrieben. Sie taten dies beide mit dem gleichen Ernst und der gleichen Unwissenheit. Nach einer Stunde war die Tafel voll, und es sah irgendwie auch nach Geschriebenem aus.

»Wie werden deine Frau und die armen kleinen Kinder sich freuen! Ach, es ist eine Schande, dass du sie verlassen musstest! Ich werde Papa bitten, dass er dich bald mal zu ihnen gehen lässt.«

»Missis hat mir versprochen, dass sie mich zurückkaufen will, sobald sie das Geld zusammen hat«, erwiderte Tom, »und ich glaube gewiss, dass sie es tut. Der junge Master George will mich holen, er hat mir diesen Dollar zum Andenken mitgegeben.«

»Oh, dann kommt er gewiss!«, rief Eva. »Wie werde ich mich freuen!«

»Deshalb wollte ich ihnen gern schreiben. Damit sie wissen, wo ich bin, und ich wollte der armen Chloe sagen, dass es mir gut geht, denn sie sorgt sich bestimmt sehr, die gute Seele!«

»Tom!«, rief St. Clare und schaute kurz darauf zur Tür hinein.

Tom und Eva fuhren erschrocken auf.

»Na, was gibt's Geheimnisvolles?«, fragte St. Clare, trat näher und warf einen Blick auf die Schiefertafel.

»Oh Papa, Tom hat einen Brief geschrieben«, sagte Eva. »Und ich habe ihm geholfen. Sieht es nicht hübsch aus?«

»Ich will euch ja nicht entmutigen«, versetzte St. Clare, »aber es wäre besser, mich den Brief schreiben zu lassen.«

»Der Brief ist sehr wichtig für Onkel Tom«, fuhr Eva fort, »denn seine Herrin will ihn eines Tages zurückkaufen und muss doch wissen, wo er ist.«

»Na, wenn das so ist«, sagte St. Clare, nicht ohne eine Augenbraue hoch zu ziehen. Er befahl Tom, die Pferde für einen Spazierritt zu holen. Doch Toms Brief wurde nicht vergessen. St. Clare schrieb ihn noch am gleichen Abend in gehöriger Form, und am nächsten Tag wurde er bereits verschickt.

Eliza, George und Harry auf der Flucht

Die Nachmittagssonne schien in das kleine Schlafzimmer, in dem George und Eliza in ein Gespräch vertieft saßen. George hatte Harry auf dem Schoß und hielt Elizas Hände. Die Eltern sahen ernst aus, und auf ihren Wangen glänzten Spuren von Tränen.

»Ich weiß, dass alles, was du sagst, wahr ist«, sagte George. »Du bist eine gute Frau – du bist viel besser als ich – ich werde mich bemühen, die Bibel zu lesen und ein guter Mensch zu werden.«

»Wir werden es schon schaffen, George.« Eliza drückte ihrem Mann zuversichtlich die Hand. »Ich werde dich unterstützen. Wenn wir erst in Kanada sind ... Ich kann Kleider für andere nähen, ich verstehe das feine Waschen und Plätten ... Wir werden bestimmt immer genug zu essen haben ...«

»Das Wichtigste ist, dass wir beisammen sind und unseren Sohn haben ... Wenn ich auch bis zum meinem fünfundzwanzigsten Jahr schwer gearbeitet habe und weder einen Cent Geld noch ein Dach über dem Kopf besitze, so werde ich doch zufrieden sein und Gott danken.«

»Aber wir sind noch nicht außer Gefahr«, sagte Eliza.

»Ja, aber es kommt mir so vor, als ob ich bereits freie Luft atme.«

In diesem Augenblick wurde an die Tür geklopft. Auf der Schwelle stand Simeon Halliday mit einem anderen Quäker, den er als Phineas Fletcher vorstellte. Phineas war lang und hager, hatte rote Haare und ein kluges Gesicht.

»Unser Freund Phineas weiß etwas, was für euch von großer Bedeutung ist, George«, hob Simeon an.

»Das stimmt«, sagte Phineas, »und es zeigt, wie nützlich es ist, wenn man beim Schlafen ein Ohr offen behält. Gestern übernachtete ich in einem kleinen, einsamen Wirtshaus. Nach dem Abendessen streckte ich mich auf einem Haufen Säcke aus und zog eine Büffeldecke über mich, um zu warten, bis die Wirtin mein Bett bereit hatte, doch ich schlief fest ein.«

»Behieltest du nicht ein Ohr offen, Phineas?«, fragte Simeon ruhig.

»Nein, ich schlief zunächst so fest, dass ich nichts um mich herum wahrnahm. Doch nach etwa zwei Stunden hörte ich Stimmen. Ich tat, als schliefe ich noch immer, lag aber nun mit offenem Ohr da und lauschte. ›Sie sind ohne Zweifel in der Quäkeransiedlung‹, sagte eine der Stimmen. Ich blinzelte und zählte etwa acht Männer, die im Schankraum standen. Sie schienen von dem Weg in unsere Ansiedlung genau unterrichtet zu sein. Dann hörte ich, dass sie von einem Mann, seiner Frau und ihrem kleinen Sohn sprachen, von Sklaven, die sie suchen. Der kleine Junge gehöre einem Händler und der Mann einem Farmer in Kentucky.«

»Oh, George, sie suchen uns. Was sollen wir machen?«, fragte Eliza verzweifelt.

»Ich weiß, was zu tun ist«, sagte George mit fester Stimme, griff nach einer Pistole und prüfte sie. »Ich will niemanden in die Sache verwickeln.«

»Ich werde beten, dass keiner zu schaden kommt«, sagte Simeon.

»Wenn Sie mir einen Wagen leihen, könnten wir versuchen, den nächsten Stützpunkt zu erreichen. Jim, mein Freund, der mit seiner alten Mutter in der Nähe untergebracht ist, und ich werden uns schon zu verteidigen wissen. Jim hat seine Mutter von ihrem gewalttätigen Master befreit und will sie mit nach Kanada nehmen. Sie werden sicher mitkommen.«

»Ihr mögt meinetwegen den Kampf allein ausfechten, darauf versteht ihr jungen Männer euch womöglich, aber ihr braucht einen erfahrenen Kutscher, mein Junge, und ich kenne Wege in der Umgebung, die du nicht kennst.«

»Aber ich will Sie nicht in die Sache verwickeln«, versetzte George.

»Phineas ist ein erfahrener Mann«, warf Simeon ein. »Du solltest seinem Rat folgen.« Auf die Pistole deutend fügte er hinzu: »Handle nicht vorschnell.«

»Ich werde keinen Menschen angreifen«, erwiderte George. »Aber ich muss meine Familie verteidigen, und ich werde bis zum letzten Atemzug für sie kämpfen. Doch nun sagt, ist es nicht am besten, wenn wir unsere Flucht beschleunigen?«

»Ich bin um vier Uhr losgeritten und in aller Eile auf kürzestem Wege mit zwei bis drei Stunden Vorsprung hier angekommen. Es ist keine gute Idee, die Reise vor Einbruch der Dunkelheit anzutreten. Wir sollten lieber von niemandem gesehen werden. In zwei Stunden können wir es wagen. Ich will zu meinem Freund Michael hinübergehen und ihn bitten, auf einem schnellen Pferd hinter uns herzureiten und scharf auf den Weg zu achten, damit er uns warnen kann, wenn uns ein Trupp Männer verfolgt. Doch vorher will ich deinem Freund Jim und seiner alten Mutter Bescheid geben. Sie sollen wissen, was diese Nacht noch auf sie zukommt. Seien Sie guten Mutes, mein Freund, wir haben sicher noch immer einen guten Vorsprung.« Mit diesen Worten verließ Phineas das Zimmer.

»Phineas ist sehr erfahren«, sagte Simeon, »er wird das Beste tun, was sich für euch tun lässt, George. Und nun, Rachel, mache den dreien noch etwas zu essen, denn wir dürfen sie nicht mit leerem Magen fortschicken.«

Während Rachel und Mary kurz darauf mit der Zubereitung des Abendessens beschäftigt waren, packten George und Eliza ihre Sachen.

Zwei Stunden später hielt ein großer Wagen mit Verdeck vor der Tür, und Phineas sprang vom Kutscherbock.

»Steigt einen Augenblick aus«, sagte Phineas zu Jim und seiner Mutter, »und lasst mich den Wagen ein wenig herrichten.«

»Hier sind zwei warme Büffeldecken!«, rief Rachel. »Mache die Sitze bequem, es ist anstrengend, die ganze Nacht zu fahren.«

Jim stieg zuerst aus und half danach seiner alten Mutter, die sich ängstlich umblickte.

»Jim, sind deine Pistolen in Ordnung?«, fragte George mit leiser Stimme.

»Ja, gewiss«, antwortete Jim. »Denkst du, dass ich mir meine Mutter noch einmal nehmen lassen werde?«

Während dieses kurzen Gesprächs hatte Eliza von der guten Rachel Abschied genommen. George und Jim halfen den beiden Frauen und dem Kind ins Wageninnere und nahmen schließlich selbst neben Phineas auf dem Bock ihre Plätze ein.

»Lebt wohl, Freunde!«, rief Simeon.

»Gott segne euch«, antworten alle wie im Chor und der Wagen rollte davon. Das Geräusch der Räder auf den unebenen Wegen und das Aufschlagen der Pferdehufe ließen kein Gespräch aufkommen. Der Wagen fuhr eine Zeit lang durch dunkle Waldgebiete und später durch öde Hügellandschaften. Harry war bald eingeschlafen, und auch die Mutter von Jim machte immer mal wieder die Augen zu. Eliza jedoch hielt die Besorgnis wach, erst nach langer Fahrt nickte auch sie ein.

Phineas pfiff vorn auf dem Kutschbock vor sich hin.

Gegen drei Uhr stieß George Phineas mit dem Ellbogen an. Er meinte eilige Hufschläge gehört zu haben.

Phineas brachte die Pferde sofort zum Stehen und horchte. »Das muss Michael sein«, sagte er, »so galoppiert nur er.« Phineas stand auf und blickte mit gespannter Aufmerksamkeit über die Landschaft hinweg. Undeutlich nahm er die Gestalt eines Reiters auf dem Gipfel eines entfernten Hügels wahr. »Das ist gewiss Michael«, sagte Phineas.

George und Jim sprangen vom Kutschbock, sie standen in tiefem Schweigen da, ihre Gesichter dem Boten zugewandt.

Langsam kam der Reiter näher. »Bist du es, Phineas?«, rief er.

»Ja, Michael. Sag, kommen die Verfolger?«

»Ja, dicht hinter mir reiten acht bis zehn Männer, vom Branntwein ermutigt und wie die Wölfe vor Angriffslust schäumend.« Er sprach noch, als der Wind schon den schwachen Schall galoppierender Reiter zu ihnen herübertrug.

»Los, weiter geht's!«, rief Phineas. George und Jim sprangen in den Wagen, und Phineas trieb die Pferde zum schnellerem Lauf an. Der Wagen flog rasselnd über den harten Erdboden dahin, dennoch drang der Lärm der Verfolger deutlich zu ihnen herüber.

Michael ritt dicht hinter dem Wagen. Eliza drückte ihr Kind fest an ihre Brust, die Alte betete und stöhnte, und George und Jim hielten ihre Pistolen bereit.

Die Verfolger näherten sich ihnen schnell.

Plötzlich wendete Phineas den Wagen und brachte ihn in der Nähe eines steil überhängenden Felsens, der sich auf einer großen und kahlen Fläche erhob, zum Stehen.

»Jetzt ist es so weit!«, rief Phineas und sprang zu Boden. »Alle aussteigen und zu mir auf den Felsen herauf. Michael, reite du zu Amaria und bringe ihn mit seinen Söhnen herbei.«

Im nächsten Augenblick eilten George, Jim, die Frauen und Harry auf den Felsen zu, während Michael seinem Pferd die Sporen gab.

»Hierher«, zischte Phineas. »Dahinten liegt eins von unseren alten Jagdverstecken.«

Phineas kletterte mit Harry behände wie eine Ziege auf den Felsen, hinter ihm kam Jim, der seine alte Mutter auf dem Rücken trug, dann folgten George und Eliza. Auf dem Gipfel des Felsens führte der Pfad in eine schmale

Schlucht, gerade breit genug für eine Person. Nach einigen Metern standen sie vor einer mehr als drei Fuß breiten Spalte. Auf der anderen Seite der Spalte befand sich ein Fels mit steil abfallenden Seitenwänden, der mindestens dreißig Fuß in die Höhe ragte. Phineas sprang mit Harry auf dem Arm über die Spalte und setzte den Knaben auf einen Stein nieder. »Kommt rüber!«, rief er, »es rettet euer Leben!«, und die Übrigen sprangen ihm nach. Hinter einigen losen Steintrümmern suchten sie Deckung vor den Blicken ihrer Verfolger.

»Wer hierher gelangen will, muss durch die Schlucht, einzeln und im Visier eurer Pistolen.«

Die im dämmrigen Morgenlicht sichtbare Verfolgergruppe bestand aus den Sklavenhändlern Loker und Marks, zwei Polizisten und vier Taugenichtsen, die Loker mit Branntwein angeworben hatte. »Die haben sich ein gutes Plätzchen gesucht, Loker«, sagte Marks.

»Mag sein. Ich bin jedenfalls dafür, dass wir sie verfolgen.«

»Aber, Loker, sie könnten hinter dem Felsen lauern und auf uns feuern«, versetzte Marks. »Das wäre ein schlechter Spaß.«

»Pfui«, antwortete Loker mit spöttischem Lächeln. »Du willst doch bloß wieder deine Haut schonen. Ich sag dir, die Nigger sind dazu viel zu feige.«

»Ich sehe nicht ein, warum ich nicht auf meine Haut bedacht sein sollte«, sagte Marks. »Es ist die beste, die ich habe.«

In diesem Augenblick erschien George auf dem Felsen über ihnen und rief mit ruhiger Stimme: »Ihr dort unten, wer seid ihr und was wollt ihr?«

»Wir suchen eine Bande entlaufener Nigger«, antwortete Loker, »einen gewissen George Harris und seine Frau Eliza mit ihrem Sohn, außerdem Jim Selden und seine Alte. Wir haben Polizisten und einen Verhaftungsbefehl bei uns. Sag, bist du nicht George, der Sklave, der Mr Harris in Shelby County gehört?«

»Ich bin George Harris! Ein Mr Harris in Kentucky hat mich sein Eigentum genannt. Jetzt aber bin ich ein freier Mann und nehme meine Frau und mein Kind mit mir in ein freies Land. Jim und seine Mutter sind auch hier, ihr könnt ja versuchen, zu uns heraufkommen, wenn ihr wollt. Aber der Erste, der in den Bereich unserer Schusslinie kommt, wird sich eine Kugel einfangen, und denen, die ihm folgen, wird es nicht anders ergehen.«

»Aber, aber«, sagte jetzt ein Mann, der vortrat und sich kurz schnäuzte, »das sind Reden, die euch nicht erlaubt sind. *Wir* haben das Gesetz auf unserer Seite, und deshalb seht lieber ein, dass es am besten ist, wenn ihr euch friedlich ergebt.«

»Das würde euch gefallen, aber wir erkennen eure Gesetze nicht an! Wir stehen hier ebenso frei wie ihr, und wir werden für unsere Freiheit kämpfen bis zum allerletzten Atemzug!«

Marks schien der Einzige zu sein, der vollkommen von den Worten unberührt blieb. Er spannte bedächtig seine Pistole und feuerte sie auf George ab. »Ob tot oder lebendig, wir erhalten in Kentucky gleich viel für euch«, sagte er kaltblütig und wischte seine Pistole am Rockärmel ab.

George war in letzter Sekunde zurückgesprungen, und als der Schuss noch hallte, stieß Eliza einen hohen Schrei aus – die Kugel war dicht an Georges Haar vorübergeflogen.

»Es ist nichts passiert, Eliza«, beruhigte George seine Frau.

»Du solltest dich nicht zur Zielscheibe machen, während du sprichst«, bemerkte Phineas. »Das sind erbärmliche Schufte.«

»Nun, Jim«, sagte George, »sieh zu, dass deine Pistolen in Ordnung sind. Ich feure auf den Ersten, der sich zeigt, du nimmst den Zweiten. Du weißt, dass wir nicht zwei Schüsse an einen verschwenden dürfen.«

»Was aber, wenn du nicht triffst?«

»Ich werde schon treffen«, sagte George.

»Der Bursche hat Mut«, murmelte Phineas zwischen den Zähnen.

Die Verfolger waren einen Augenblick lang unentschlossen stehen geblieben, dann sagte Loker: »Ich gehe jetzt hinauf, ich fürchte mich nicht vor ein paar Niggern.«

George hörte die Worte deutlich. Er erhob seine Pistole und wartete. Da kam Lokers riesenhafte Gestalt am Rande der Felsspalte zum Vorschein.

George feuerte seine Pistole ab.

Die Kugel traf Loker in die Seite. Trotz seiner Verwundung wich er jedoch nicht zurück, sondern sprang mit lautem Gebrüll wie ein wütender Stier über die Spalte.

»Freund, wir brauchen dich hier nicht«, schrie Phineas, tat einen Satz vor und stieß Loker zurück.

Loker strauchelte über lockere Steine und stürzte in einen Abgrund.

»Nichts wie weg! Das sind wahre Teufel!«, rief Marks und trat mit den anderen rasch den Rückzug an, wobei er der Erste war, der auf sein Pferd sprang und davonpreschte.

George und Jim kletterten, vom Stöhnen und Wimmern Lokers geleitet, zu der Stelle hinab, wo dieser am Boden lag.

Der Aufprall hätte ihn sicher getötet, doch er hatte Glück gehabt, reiches Buschwerk hatte seine Landung abgefedert.

Mit viel Mühe richteten die beiden den Verletzten auf, trugen ihn den Abgrund hinauf und begleitet von den anderen durch die Schlucht und zum Wagen.

Plötzlich entdeckte Phineas auf der Landstraße einige Reiter. »Da kommt Michael mit Stephan und Amaria!«, rief er freudig. »Wurde auch Zeit.«

»Schnell, wir müssen etwas für den armen Mann tun«, sagte Eliza mit Blick auf Loker, »er stöhnt entsetzlich.«

»Das ist nicht mehr als christlich«, meinte George. »Wir wollen ihn mitnehmen.«

»Und ihn von einem Quäker wieder zusammenflicken lassen«, sagte Phineas. »Ich habe nichts dagegen.« Er beugte sich über den Verwundeten, begann ihn sorgfältig zu untersuchen.

»Marks«, fragte Loker da mit schwacher Stimme, »bist du es?«

»Nein«, versetzte Phineas. »Marks kümmert sich nicht um dich, denn er bringt nur seine eigene Haut in Sicherheit, er ist eilig fort.«

»Ich glaube, mit mir ist's aus«, stöhnte Loker. »Meine arme, alte Mutter hat mir immer gesagt, dass es noch so kommen würde.«

»Der arme Mensch«, sagte die alte Negerin.

»Sachte, sachte, Freund«, beruhigte Phineas ihn, als Loker seine Hand zurückstieß. »Du hast keine Aussicht, am Leben zu bleiben, wenn ich die Blutung nicht stille!«

»Aber *Sie* waren es doch, der mich dort hinuntergestürzt hat«, sagte Loker matt.

»Nun, Freund, wenn ich es nicht getan hätte, so würdest du *uns* hinabgestürzt haben«, erwiderte Phineas. »Jetzt halt aber still und lass mich dies befestigen. Wir meinen es gut mit dir, du sollst in ein Haus gebracht werden, wo man dich pflegen wird.« Loker stöhnte abermals auf und schloss die Augen.

Kurz darauf kam Michael mit Phineas Freunden. Die Männer nahmen die Sitze aus dem Wagen, breiteten die Büffeldecken der Länge nach darin aus und hoben Loker hinein. Doch ehe er auf den Decken zum Liegen kam, wurde er ohnmächtig. Die alte Negerin setzte sich auf den Boden neben ihn und nahm seinen Kopf in den Schoß. Eliza setzte sich in eine Ecke, Jim, George und Harry nahmen bei Phineas auf dem Kutscherbock Platz und die anderen stiegen auf ihre Pferde.

»Wird er es schaffen?«, fragte George Phineas.

»Der Schuss hat eine tiefe Fleischwunde verursacht, die heilt wieder, aber der Sturz hat ihm anscheinend zugesetzt. Doch ich bin mir sicher, er wird noch mal davonkommen und vielleicht hat er ja sogar etwas gelernt.«

»Hoffentlich kommt er durch«, sagte George, »es würde mich mein Leben lang bedrücken, dass ich, auch wenn es Notwehr war, seinen Tod verursacht hätte.«

»Ja«, erwiderte Phineas, »Morden ist unentschuldbar. Aber ich sagte ja, ich bin mir sicher, er kommt durch. Wir nehmen ihn mit zu Amaria. Die alte Großmutter Dorcas ist eine vortreffliche Krankenpflegerin.«

Nach einer Stunde kamen die Gesellschaft an ein Farmerhaus, in dem die Reisenden mit einem reichlichen Mahl empfangen wurden. Loker war bald in ein reinliches und weiches Bett gelegt, seine Wunde wurde sorgfältig verbunden, und er schlief so tief und fest wie ein müdes Kind.

Neue Hoffnung für Tante Chloe

An einem Nachmittag im Sommer saßen Mr Shelby und seine Gattin bei weit geöffneten Türen und Fenstern im großen Salon. »Weißt du, dass Chloe einen Brief von Tom erhalten hat?«, fragte Mrs Shelby, die an einer feinen Näherei saß. »Er war anscheinend wochenlang unterwegs und hat unsere Chloe erst heute erreicht.«

»Wirklich? Was schreibt der alte Junge denn?«

»Er ist von einer wohlhabenden Familie gekauft worden, wird gut behandelt und hat nicht viel zu tun. Es geht ihm gut«, antwortete Mrs Shelby.

»Nun, das freut mich herzlich«, sagte Mr Shelby. »Tom wird sich hoffentlich an den Aufenthalt im Süden gewöhnen und gar nicht wieder hierher kommen wollen.«

»Im Gegenteil, er erkundigt sich danach, wann das Geld für seinen Freikauf aufgebracht sein wird.«

»Ich weiß es wahrhaftig nicht«, erwiderte Mr Shelby.

»Es ist, als ob man aus einem Sumpf in den anderen springt, wie ein gehetzter Hund versucht man, seine Schulden zu bezahlen und macht doch nur neue.«

»Ich sollte aber doch meinen, dass sich etwas tun ließe, mein lieber Mann. Wie wäre es, wenn wir einige der Pferde und eines deiner Güter verkauften?«

»Wo denkst du hin, Emily! Du bist die gütigste Frau in Kentucky, aber du verstehst nichts von Geschäften.«

»Meinst du nicht, dass wir auf irgendeine Art das Geld aufbringen können?«

»Es tut mir Leid, es sagen zu müssen, aber es sieht nicht gut aus. Es war übereilt von mir, dass ich Tom versprach, ihn zurückzuholen! Vielleicht ist es besser, wir sagen Chloe, wie die Lage ist. Tom sollte eine andere Frau nehmen, und für sie und die Kinder wäre eine neue Heirat sicher auch besser.«

»Shelby! Ich habe meine Leute gelehrt, dass ihre Ehen ebenso heilig sind wie die unseren.«

»Ich will mich nicht in deine religiösen Ansichten mischen, liebe Frau, aber sie scheinen mir hier unpassend zu sein.«

»Das sind sie in der Tat«, erwiderte Mrs Shelby, »und eben deshalb hasse ich die ganze Sklaverei aus tiefster Seele. Wenn ich das Geld auf keine andere Weise zusammenbringen kann, so werde ich Musikunterricht geben, und die Summe selbst verdienen.«

»Du wirst dich doch nicht derart erniedrigen, Emily?«

»Erniedrigen? Es erniedrigt mich, wenn ich mein Versprechen gegen hilflose Geschöpfe breche?«

Das Gespräch wurde von Chloe unterbrochen, die in der Tür erschien.

»Nun, Chloe, was gibt es?«, fragte Mrs Shelby.

»Missis, Sie wollten doch die Hühner ansehen … Ich möchte wissen, ob Missis eine Hühnerpastete von ihnen zu haben wünscht.«

Mrs Shelby lächelte und wollte Chloe in die Küche folgen, doch kurz davor blieb sie stehen und sagte: »Ach, bringe sie auf den Tisch, wie du willst. Du hast ein besseres Auge dafür.«

Tante Chloe nickte, blieb jedoch unschlüssig stehen. »Missis, warum zerbrechen Sie und der Master sich die Köpfe wegen des Geldes und gebrauchen nicht das, was Sie in der Hand haben?«

»Ich verstehe dich nicht«, erwiderte Mrs Shelby.

»Missis, andere Leute vermieten ihr Personal und verdienen so Geld mit ihnen.«

»Und, Chloe? Wen schlägst du vor, wen wir vermieten sollen?«

»Nun, Sam hat gesagt, dass einer in Louisville eine gute Kuchen- und Pastetenbäckerin sucht und dass er vier Dollar die Woche zahlen will.«

»Aha …«

»Missis, es ist Zeit, dass Sally angehalten wird, selbstständiger zu werden. Sie kann beinahe so gut wie ich kochen und backen, und wenn Missis mich gehen ließe, so würde ich helfen, das Geld für meinen Tom aufzubringen.«

»Aber Chloe, willst du deine Kinder verlassen?«

»Ach, Missis, die Jungen sind bald schon groß genug, um zu arbeiten. Sie werden ganz gut auskommen, und Sally wird das Kleine übernehmen. Es ist ein so kluges Kind, es hat kaum Aufsicht nötig.«

»Louisville liegt weit von hier entfernt.«

»Ich weiß, es liegt flussabwärts, vielleicht in der Nähe von Tom«, sagte Chloe.

»Nein, es ist noch viele hundert Meilen weiter«, erwiderte Mrs Shelby.

Chloes Gesicht verdüsterte sich.

»Aber das tut nichts. Wenn du dorthin gehst, wird es dich deinem Tom dennoch näher bringen, Chloe. Also geh ruhig, wenn du willst, und dein Lohn soll bis auf den letzten Cent für die Erlösung deines Mannes zurückgelegt werden.«

Nun erhellte sich Chloes Gesicht zusehends. »Missis, Sie sind wahrhaftig gut! Ich würde keine Kleider und Schuhe brauchen. Ich könnte jeden Cent zurücklegen. Wie viel Wochen gibt es im Jahr, Missis?«

»Zweiundfünfzig«, antwortete Mrs Shelby.

»Wirklich! Und vier Dollar für jede! Wie viel mag das sein?«

»Zweihundertundacht Dollar«, erwiderte Mrs Shelby.

»So viel!«, rief Chloe überrascht und glücklich. »Und wie lange würde ich brauchen, um die gesamte Summe abzuarbeiten, die nötig ist, um Tom zurückzuholen, Missis?«

»Vier bis fünf Jahre. Aber es soll nicht so lange dauern, denn ich werde auch etwas dazulegen.«

»Gütige Missis!«, rief Chloe und fuhr fort: »Sam hat gesagt, dass er mit einigen Fohlen nach dem Fluss hinabgeht und dass ich ihn begleiten kann. Ich will also gleich meine Sachen zusammenpacken. Würde mir die Missis wohl eine Empfehlung schreiben.«

»Wenn Mr Shelby nichts dagegen hat, sollst du sie haben«, sagte Mrs Shelby und ging zurück in den Salon.

Als Chloe etwas später Master George vor dem Haus traf, erzählte sie ihm aufgeregt die Neuigkeiten. »Ich reise morgen nach Louisville, um dort zu arbeiten. Ich werde wöchentlich vier Dollar bekommen, und die Missis wird das Geld sparen, um meinen Tom zurückzukaufen.«

»Wirklich?«, rief George. »Du verlässt uns?«

»Morgen mit Sam! Und nun, Master George, weiß ich, dass Sie so gut sein werden, sich hinzusetzen und an Tom zu schreiben, um ihm die alles mitzuteilen – nicht wahr?«

»Gewiss«, erwiderte George, »Onkel Tom wird sich freuen, von uns zu hören.«

»Also, Master George, schreiben Sie und grüßen Sie von mir, ich werde Ihnen inzwischen ein Hühnchen zubereiten. Sie werden in den nächsten Jahren nicht mehr oft bei Ihrer alten Tante zu Abend essen.«

Sorge um Eva

Die Sommerhitze hatte bereits viele Anwohner aus der schwülwarmen Stadt an die Ufer des Pontchartrain-Sees getrieben, und so waren auch die St. Clares für unbestimmte Zeit in ihre dort gelegene Villa gezogen.

St. Clares Villa war rundum von einer Veranda aus Bambus umgeben, die von allen Seiten den Blick auf wunderschöne Gärten freigab. Vom großen Salon aus führte eine breite Flügeltür hinaus, und der herrliche Duft der Blumen durchströmte bei geöffneter Tür den Raum. Durch den Garten schlängelte sich ein Pfad bis ans Ufer des Sees.

Tom hielt noch immer voller Freude den Brief aus der Heimat in der Hand, den ihm sein Herr vorgelesen hatte. Er hatte gehört, dass Chloe nach Louisville vermietet und das von ihr verdiente Geld für seinen Rückkauf gespart werden würde, dass es Moses und Peter gut ging und Polly inzwischen munter auf dem Gut umherlief. George hatte von der Schule berichtet und die Namen von vier neuen Fohlen genannt.

Die kleinen Buchstaben standen gedrängt auf dem Papier, aber Tom hielt den Brief für das vollkommenste Schreiben der Welt. Er wurde nicht müde, die Schrift zu betrachten, und überlegte sogar mit Eva, ob es nicht möglich sei, den Brief einzurahmen und in seinem Zimmer aufzuhängen.

Die Freundschaft zwischen Tom und Eva war in den Monaten, die Tom nun schon bei den St. Clares lebte, immer inniger geworden. Wurde er für den Einkauf auf den Markt geschickt, waren seine Augen stets auf die Blumenstände gerichtet, um fröhlichbunte Sträuße für sie auszusuchen, nur die schönsten Pfirsiche und Orangen wanderten für Eva in seinen Korb.

Die Kleine war nicht weniger eifrig bemüht, Tom möglichst viele Freuden zu bereiten. Mit der Zeit wurde sie eine hervorragende Vorleserin. Las sie Tom aus der Bibel vor, war das eine der größten Freuden für den schwarzen Diener.

Eines Sonntagsabends, es war ein Sonnenuntergang zu sehen, der den Horizont in flammender Herrlichkeit entzündete, saßen Tom und Eva auf der kleinen Moosbank am Ufer des Sees. Auf Evas Knien lag die Bibel aufgeschlagen da.

Eva blickte schon eine Weile lang hoch in den Himmel. »Onkel Tom, sieh die Wolken, sie sehen aus wie große Tore aus Perlmutt, es ist, als könnte man hindurchsehen und weit, weit hinten wäre alles aus Gold. Dorthin werde ich gehen, Onkel Tom.«

»Wohin, Miss Eva?«

Das Kind stand auf und deutete mit seiner kleinen Hand zum Himmel. Die Glut der Abendröte übergoss ihr goldenes Haar, und ihre rosigen Wangen erstrahlten im Licht. »Ich gehe *dorthin*, Tom, *bald!*«

Diese Worte gaben dem treuen Tom einen Stich ins Herz, und er dachte daran, wie oft er in den letzten Monaten bemerkt hatte, dass Evas Händchen magerer, ihre Haut durchsichtiger und ihr Atem kürzer geworden waren, und wie sie immer rasch ermüdete.

Da rief Ophelia: »Eva, Kind, du darfst nicht so lange draußen bleiben. Komm sofort ins Haus.« Ophelia war in der Pflege von Kranken wohl erfahren. Sie kannte nur zu gut die ersten schlimmen Anzeichen einer jeden Krankheit. Sie hatte Evas leisen, trockenen Husten, ihre hohler werdenden Wangen bemerkt, den Glanz in ihren Augen und die fiebrige Röte. Sie wollte mehrere Male Marie St. Clare ihre Befürchtungen mitteilen, aber diese wies sie jedes Mal mit Heftigkeit zurück.

»Lamentiere nicht, Cousine. Siehst du nicht, dass das Kind im Wachsen begriffen ist?«

»Aber der Husten …«

»Der Husten ist nichts, sie hat sich vielleicht ein wenig erkältet.« Doch auch Evas Vater wurde ängstlich und unruhig. Er beobachtete Eva, hielt sich häufiger in ihrer Nähe auf als vorher und brachte ihr fast alle Tage irgendein Stärkungsmittel mit.

Eva selbst klagte nicht, im Gegenteil, sie dachte an die anderen. »Mama«, sagte die Kleine eines Tages zu ihrer Mutter, »warum lernen unsere Diener nicht lesen?«

»Oh, sie können sich vorlesen lassen.«

»Mir scheint, Mama, dass die Bibel für jeden zum Selbstlesen ist. Hast du nicht bemerkt, wie sehr sich allein Mammy wünscht, die Bibel lesen zu können! Was wird sie anfangen, wenn ich ihr mal nicht mehr vorlesen kann?«

»Natürlich wirst du bald an andere Dinge zu denken haben, Eva, als der Dienerschaft aus der Bibel vorzulesen. Wenn du in Gesellschaften gehen wirst, hast du keine Zeit mehr. Sieh her, diese Juwelen werde ich dir schenken, wenn du zum ersten Mal auf einen Ball gehst. Ich habe sie ebenfalls auf meinem ersten Ball getragen.«

»Sind diese Dinge eine große Geldsumme wert?«

»Gewiss. Mein Vater hat sie aus Frankreich kommen lassen. Sie sind ein kleines Vermögen wert.«

»Ich wollte, sie wären mein, und ich könnte damit anfangen, was ich wollte«, sagte Eva.

»Was würdest du damit tun?«

»Ich würde dafür ein Haus in den freien Staaten kaufen, alle unsere Diener dorthin bringen, und Lehrer anstellen, die ihnen lesen und schreiben lehren.«

Das Gelächter ihrer Mutter ließ sie kurz innehalten.

»Ich würde sie die Bibel lesen, Briefe schreiben und Briefe lesen lehren«, sagte Eva laut.

»Nun, Eva, du bist noch ein Kind«, sagte ihre Mutter, »geh spielen, du machst mir mit deinen Reden Kopfschmerzen.«

Um diese Zeit kam St. Clares Bruder Alfred mit seinem Sohn auf einige Tage zu Besuch in die Villa am See.

Henrique, Alfreds ältester Sohn, war ein schöner, schwarzäugiger Knabe voll Leben und Geist, der sehr von der zarten Anmut seiner Cousine Eva angetan war.

Eva besaß ein Pony von schneeweißer Farbe, das jetzt von Tom vor die hintere Veranda gebracht wurde, während ein etwa dreizehnjähriger Mulattenknabe einen kleinen arabischen Rappen für Henrique herbeiführte.

»Was ist das, Dodo, du fauler Schlingel? Du hast ja mein Pferd diesen Morgen nicht gestriegelt«, schimpfte Henrique.

»Oh Master«, sagte Dodo, sein Diener, unterwürfig, »das Pferd hat sich ...«

»Halt's Maul, Schurke!«, rief Henrique und hob drohend seine Reitpeitsche.

»Aber Mr Henrique ...«

Henrique hörte seinem Diener nicht zu, sondern schlug ihn wütend mit der Peitsche. »Du unverschämter

Bursche, wirst du endlich lernen zu gehorchen, wenn ich dir etwas sage? Führe das Pferd zurück und striegele es tüchtig.«

»Junger Master«, sagte Tom, »Dodo hat sagen wollen, dass sich das Pferd gewälzt hat, als er es aus dem Stall brachte. Ich habe gesehen, wie er es zuvor geputzt hat.«

»Du hältst deinen Mund, bis du gefragt wirst!«, rief Henrique und ging die Freitreppe hinauf, auf der Eva wie erstarrt stand. »Liebe Cousine, es tut mir Leid, dass dieser einfältige Bursche dich warten lässt«, sagte er. »Was fehlt dir, du siehst betrübt aus.«

»Wie kannst du nur so grausam gegen den armen Dodo sein?«, fragte Eva.

»Grausam?«, wiederholte der Knabe mit Erstaunen. »Wie meinst du das, liebe Eva?«

»Ich will nicht, dass du mich ›liebe Eva‹ nennst, wenn du *so* deine Diener behandelst«, sagte sie.

»Liebe Cousine, du kennst Dodo nicht. Er muss so behandelt werden.«

»Aber Onkel Tom hat dir gesagt, dass Dodo nichts dafür konnte, und Onkel Tom sagt nie die Unwahrheit.«

»Dann ist er ein ungewöhnlicher Nigger«, versetzte Henrique. »Dodo lügt, sobald er den Mund aufmacht.«

»Du zwingst ihn dazu, wenn du ihn so behandelst.«

Für einige Zeit herrschte eisiges Schweigen zwischen den Kindern. Dann erschien Dodo erneut mit dem Pferd.

»Nun sieht das Pferd ordentlich aus. Gut gemacht Dodo«, sagte sein junger Master mit gnädiger Miene. »Halte Miss Evas Pferd, während ich ihr in den Sattel helfe.«

Aber Eva lief auf die Seite des Pferdes, wo Dodo stand und ließ sich von ihm in den Sattel helfen. »Du bist ein guter Junge, Dodo, ich danke dir«, sagte sie schließlich.

Dodo blickte erstaunt in Evas hübsches Gesicht, und das Blut trat ihm in die Wangen und Tränen in die Augen.

»Komm her, Dodo!«, rief sein Herr gebieterisch. »Da hast du Geld, kaufe dir etwas dafür.«

Kurz darauf galoppierte Henrique hinter Eva die Allee hinunter. Dodo blickte den beiden Kindern nach. Das eine hatte ihm Geld gegeben, das andere aber ein gutes Wort – und dies war ihm viel mehr wert.

Die beiden Brüder St. Clare saßen auf der Veranda und spielten ein Würfelspiel, als sie das Hufgetrappel der Pferde vernahmen.

»Da kommen die Kinder!«, rief Augustin, »Alfred, hast du je etwas Schöneres gesehen?«

Eva trug ein blaues Reitkleid und einen passenden Hut. Die Bewegung hatte ihren Wangen eine frische Farbe verliehen und die Lieblichkeit ihrer zarten Haut und ihres goldenen Haares erhöht. Henriques dunkle Locken hatte der Wind zerzaust. Eva und Henrique lachten heiter, während sie näher kamen.

»Welch blendende Schönheit!«, rief Alfred zur Begrüßung, als Eva vom Pferd stieg.

»Liebste Eva, bist du auch nicht zu sehr ermüdet?«, fragte ihr Vater und schloss sie in seine Arme.

»Nein, Papa«, antwortete die Kleine, aber ihr kurzer, beklommener Atem versetzte ihm einen Schrecken.

»Warum bist du nur so schnell geritten, Kind?«, fragte er mit sorgenvoller Stimme.

Doch Eva erholte sich bald wieder, und Henrique und Eva setzten sich auf die Stufen der Veranda, während die Väter ihr Spiel fortsetzten. »Weißt du, Eva, es tut mir sehr Leid, dass wir nur zwei Tage hier bleiben und dass ich dich dann lange nicht wiedersehen werde. Wenn ich bei dir bliebe, würde ich versuchen, gut zu Dodo zu sein. Ich habe nicht die Absicht, Dodo schlecht zu behandeln, aber siehst du, ich habe einen sehr heftigen Charakter. Ich bin auch nicht eigentlich schlecht gegen ihn. Ich gebe ihm dann und wann Geld und du siehst, dass er gut gekleidet ist. Ich glaube, dass es Dodo im Ganzen gut geht.«

»Würdest du sagen, dass es dir gut ginge, wenn du keinen Menschen auf Erden hättest, der dich liebt? Er wurde von allen seinen Freunden getrennt, und jetzt hat er keine Menschenseele in seiner Nähe, die ihn liebt. Wie kann er sich da wohl fühlen?«

»Nun, ich wüsste nicht, wie ich es ändern könnte. Seine Mutter kann ich ihm nicht herbeiholen, und ich selbst kann ihn nicht lieben.«

»Warum kannst du es nicht?«

»*Dodo lieben?* Ach, Eva! Ich könnte ihn vielleicht gut leiden, aber seine Diener *liebt* man nicht.«

»Sagt nicht die Bibel, dass wir jeden Menschen lieben sollen?«

»Och, die Bibel! Die sagt eine Menge solcher Dinge, aber wer denkt schon daran, sie zu tun.«

Eva schwieg. Sie blickte sekundenlang in die Ferne. »Jedenfalls«, hob sie wieder an, »liebe den armen Dodo um meinetwillen und sei gut gegen ihn, lieber Vetter.«

Die Tischglocke beendete das Gespräch.

Zwei Tage später verließen Alfred St. Clare und sein Sohn die Villa.

Die Sorge, die sich Ophelia und St. Clare um das Kind gemacht hatten, war berechtigt gewesen. Eva ging es mit jedem Tag schlechter, und sie wurde immer schwächer. St. Clare zog ärztlichen Rat herbei, doch Marie wies jede Andeutung, dass irgendjemand in ihrer Umgebung krank sei, mit der größten Entrüstung zurück. Ophelia hatte immer wieder versucht, die mütterliche Besorgnis wegen Eva in Marie zu erwecken, doch ohne Erfolg.

»Ich sehe nicht, dass dem Kind etwas fehlt, sie läuft ja umher und spielt«, sagte Marie.

»Aber sie hat einen bösen Husten.«

»Ein Kind hustet eben mal. Das hat gar nichts zu bedeuten.«

»Aber sie wird schwach und hat kurzen Atem.«

»Das ist nichts als eine Nervenschwäche.« Marie sah die Welt so, wie sie sie sehen wollte, sie war blind für das, was wirklich war.

Als Eva streng das Bett hüten musste, dachte Marie immer noch nur an sich. Sie klagte, dass sie anscheinend dazu bestimmt sei, die unglücklichste aller Mütter zu werden. Sie sei mit ihrer schwankenden Gesundheit ans Zimmer gefesselt, während ihr einziger Liebling vor ihren Augen dem Grabe zueile! Sie ließ Mammy alle Nächte Wache halten und schalt sie am Tag, wenn sie vor Müdigkeit nicht mehr konnte.

»Eva ist sehr zart«, sagte St. Clare, »ich habe das immer gewusst. Sie ist so schnell gewachsen, dass sich ihre Kräfte erschöpft haben. Doch der Arzt sagt, dass noch Hoffnung besteht.«

Nach ein paar Wochen trat tatsächlich eine Besserung ein. Evas Stimme war wieder im Garten und auf den Balkonen zu hören. Sie spielte und lachte, und ihr Vater hoffte, dass sie bald wieder ganz gesund sein würde. Ophelia und der Arzt aber konnte die kurzfristige Besserung nicht täuschen, und auch Eva selbst spürte, wie schlimm es um sie stand. Sie suchte nun immer öfter in der Bibel Trost.

»Onkel Tom«, sagte sie eines Tages, nachdem sie ihrem Freund mal wieder aus der Bibel vorgelesen hatte, »wenn mein Tod allem Elend ein Ende machen könnte, wollte ich gern *sterben.*«

Da ertönte die Stimme ihres Vaters. Er rief Eva zu sich.

Sie wandte sich ab, lief durch den Garten und die Stufen der Veranda hinauf. Dort saß ihr Vater.

St. Clare wollte ihr ein Geschenk geben, doch als die Tochter vor ihm stand, schloss er sie plötzlich in seine Arme. »Liebe Eva, du wirst gesund, nicht wahr?«

»Papa«, erwiderte sie ernsthaft, »ich habe dir etwas zu sagen, das ich dir schon vor langer Zeit sagen wollte. Jetzt will ich es tun.«

St. Clare zitterte, als Eva sich auf seinen Schoß setzte und den Kopf an seine Brust lehnte. »Es nützt nichts, Papa, wenn ich es noch länger für mich behalte«, fuhr sie fort und begann zu weinen. »Die Zeit kommt, wo ich dich verlassen muss.«

»Oh meine liebe kleine Eva«, sagte St. Clare, den ein Schauer durchfuhr, »du darfst dich nicht so düsteren Gedanken hingeben. Sieh her, ich habe dir eine Statue mitgebracht.«

Eva nahm lächelnd das schöne Geschenk. Dann wurde sie wieder ernst. »Papa«, versetzte Eva, »täusche dich nicht. Ich werde *nicht* gesund, ich weiß es, und ich werde bald von dir gehen müssen. Wenn ich mich nicht um dich, Papa, und um meine Freund Tom sorgte, würde ich beinahe glücklich sein. Ich sehne mich fort von hier!«

»Ach, liebes Kind, was hat dein armes Herzchen so betrübt gemacht, du hast doch alles, was ein Menschenkind braucht.«

»Ich möchte aber doch lieber im Himmel sein. Es gibt hier Dinge, die mich traurig machen. Nur dass ich dich verlassen soll, bricht mir fast das Herz.«

»Was macht dich traurig, Eva?«

»Ich bin wegen unserer armen Diener betrübt, sie lieben mich innig und sind alle gut. Ich wollte, sie wären frei, Papa.«

»Denkst du nicht, dass es ihnen jetzt gut genug geht?«

»Aber was würde aus ihnen, wenn dir ein Unglück zustoßen sollte? Es gibt nur wenige Menschen wie dich, Papa. Onkel Alfred ist nicht wie du und die Mama auch nicht! Papa, gibt es keinen Weg, um alle Sklaven frei zu machen?«

»Das ist eine schwierige Frage, Kind. Ich wünschte von Herzen, dass es im ganzen Land keinen Sklaven gäbe.«

»Papa, jene armen Geschöpfe lieben ihre Kinder ebenso sehr wie du mich. Bitte tu etwas für sie! Die arme Mammy liebt ihre Kinder, ich habe sie weinen sehen, wenn sie von ihnen sprach. Tom liebt seine Kinder ebenfalls.«

»Mein Herzenskind«, sagte St. Clare beschwichtigend, »sorge dich nicht länger, ich werde alles tun, was du dir wünschst.«

»Versprich mir, lieber Vater, dass Tom seine Freiheit haben soll, sobald ich … gestorben bin.«

»Ich verspreche es dir.«

»Lieber Papa, wie sehr wünschte ich, dass wir zusammen gehen könnten.«

»Wohin denn?«

»In den Himmel. Es ist dort so schön und so friedlich – so voll Liebe!«

St. Clare zog Eva näher an sich.

»Du wirst zu mir kommen«, sagte Eva hoffnungsvoll.

»Ich werde dir nachkommen. Ich werde dich nicht vergessen.«

Während St. Claire die kleine zarte Gestalt schweigend an seine Brust drückte, senkten sich die dunklen Abendschatten tiefer auf sie herab.

Locken zur Erinnerung

Evas Schlafgemach war ein geräumiges Zimmer zwischen dem Gemach ihrer Eltern und dem der Tante Ophelia. Die Vorhänge waren aus rosa und weißem Musselin genäht, der Boden mit einem hellen Teppich belegt. Das Bett, um welches feiner Gazestoff hing, der kleine Tisch, die Stühle und das Sofa waren aus Bambus; jedes Möbelstück hatte eine hübsch geschwungene Form. Über dem Kopfende des Bettes hing eine edle Engelsfigur an der Wand, und auf dem Sofa lagen prächtige Kissen in rosenroten Damast eingenäht. Auf dem Tischchen in der Mitte des Zimmer stand stets eine mit frischen Blumen gefüllte Vase aus Marmor, daneben lagen Evas Bücher und ein paar Schmuckstücke. Auf dem Marmorsims des Kamins hatte die kleine Heiligenfigur ihren Platz gefunden, die St. Clare seiner Tochter mitgebracht hatte, rechts und links davon standen zwei Marmorvasen, die Tom ebenfalls jeden Morgen mit Blumen vom Markt bestückte. Die Wände schmückten herrliche Gemälde.

Die Kraft, die Eva eine Zeit lang Auftrieb gegeben hatte, und die alle hatte hoffen lassen, dass sie wieder gesund würde, ließ allmählich immer mehr nach. Nur noch selten vernahm man Evas leichte Schritte auf der Veranda, und immer öfter lag sie auf ihrem Sofa am offenen Fenster, den Blick auf den glänzenden Wasserspiegel des Sees gerichtet.

An diesem Tag hatte sie die aufgeschlagene Bibel im Schoß und die kleinen Finger zwischen den Seiten, als sie plötzlich die schneidende Stimme ihrer Mutter im Garten hörte. »Was hast du da wieder getan? Du hast Blumen abgepflückt, nicht wahr?« Eva vernahm einen heftigen Schlag.

»Aber Missis, die Blumen sind für Miss Eva«, hörte sie die Stimme von Topsy, einem schwarzen Mädchen aus der Dienerschaft.

»Eine schöne Entschuldigung! Denkst du, dass sie nach deinen Blumen verlangen wird, du Nichtsnutz?«

Eva erhob sich augenblicklich und kam dem Mädchen zu Hilfe. »Oh Mama, natürlich will ich die Blumen haben. Bitte, gib sie mir.«

»Aber Eva, hast du nicht schon genug gefüllte Vasen in deinem Zimmer.«

»Ich kann gar nicht genug Blumen um mich haben«, erwiderte Eva. »Bitte, Topsy, gib sie mir.«

Das Mädchen, das mit gesenktem Kopf dagestanden hatte, kam jetzt herbei und überreichte ihr zögerlich den Strauß.

»Wie schön«, sagte Eva und betrachtete die scharlachroten Geranien, zwischen denen eine einzelne weiße Blüte steckte.

Das Mädchen freute sich sehr.

»Topsy, du steckst die Blumen sehr hübsch zusammen.«

Topsy nickte dankend und lief verschämt davon.

Während Eva gemeinsam mit ihrer Mutter zurück ins Haus ging, sagte sie: »Mama, ich möchte mir mein Haar abschneiden lassen.«

»Wozu?«, fragte Marie.

»Ich möchte meinen Freunden Locken von mir schenken und sie selbst austeilen. Rufst du Tante Ophelia, dass sie mir welche abschneidet?«

Marie rief Ophelia, und die beiden Frauen kamen in Evas Zimmer. Eva hatte sich auf ihr Bett gelegt und richtete sich geschwächt ein wenig auf. »Komm, Tantchen, schneide mir die Locken ab.«

»Was höre ich da?«, fragte St. Clare, der im selben Moment mit einer Schale voller Früchten in Evas Zimmer getreten war.

»Papa, ich möchte mir von der Tante Locken abschneiden lassen. Die Haare erhitzen mir den Kopf. Außerdem möchte ich einige Locken verschenken.«

Ophelia setzte behutsam die Schere an.

»Vorsichtig«, sagte St. Clare. »Schneide erst die unteren. Evas Locken sind mein Stolz, und ich möchte, dass

Método:

- Loción de Zinc y calamina ⇒ aplicar >4/día 5 d.
- Dexclorfeni 1 tab. c/8 h

sie recht schön bleiben, was soll denn ihr Vetter Henrique denken, wenn wir ihn demnächst besuchen fahren.«

»Papa, ich werde ihn nicht mehr besuchen können, ich werde vorher in ein besseres Land gehen! Siehst du nicht, dass ich mit jedem Tag schwächer werde?«

St. Clare schwieg und betrachtete wehmütig die langen schönen Locken, die dem Kind in den Schoß gelegt wurden. Er setzte sich zu Eva ans Bett und hielt ihr dünnes Händchen.

»Papa, ich weiß, dass ich nicht mehr lange zu leben habe. Aber vorher möchte ich noch einmal alle sehen und zu ihnen sprechen. Gestattest du es mir?«

»Ja, mein Kind«, sagte St. Clare und bedeckte seine glänzenden Augen mit einer Hand. Er wollte nicht, dass Eva seine Tränen sah.

Die ganze Dienerschaft versammelte sich kurz darauf im Zimmer. Eva lag auf ihrem Bett. Dünn hingen ihr die übrig gebliebenen Locken lose um das Gesicht, ihre großen traurigen Augen waren liebevoll auf alle Anwesenden gerichtet. Sie stützte sich auf und sah, dass mehrere von den Frauen das Gesicht in ihren Schürzen bargen. Ruhig begann sie zu sprechen. »Ich habe euch rufen lassen, weil ich euch lieb habe. Ich möchte euch etwas schenken, das euch stets an mich erinnert, denn ich werde euch verlassen. In wenigen Wochen werdet ihr mich nicht mehr haben.« Die Umstehenden konnten das Schluchzen und

Klagen nicht länger zurückhalten, so tief ergriffen waren sie alle. Eva wartete einen Augenblick lang, dann sprach sie weiter. »Es ist unter euch niemand, der nicht stets gut zu mir gewesen wäre. Darum werde ich jedem von euch eine Locke von meinem Haar geben, und wenn ihr sie anseht, so denkt daran, dass ich euch geliebt habe und dass ich euch im Himmel wiederzusehen wünsche.«

Es ist unmöglich, die Szene zu beschreiben, als die Leute sich weinend um das kleine Wesen drängten. Als jeder eine Locke erhalten hatte, gab ihnen Ophelia ein Zeichen, dass sie das Zimmer leise verlassen sollten.

Bis auf Tom und Mammy hatten sich wenig später alle aus dem Zimmer entfernt. »Hier, Onkel Tom, ist eine besonders schöne Locke für dich«, sagte Eva, »und Mammy, liebe, gute Mammy, diese ist für dich.«

»Oh, Miss Eva, ich kann nicht ohne Sie leben!«, rief das treue Geschöpf und brach in einen Tränenstrom aus.

Ophelia schob sie und Tom sanft aus dem Zimmer.

»Bekomme ich auch eine Locke, Eva«, fragte nun ihr Vater.

»Aber Papa, sie sind doch alle dein«, antwortete sie mit heiterem Gesicht und fasste in ihr Haar, »dein und Mamas, und ihr müsst dem lieben Tantchen so viele geben, wie es verlangt. Ich habe unseren Leuten nur deshalb welche selbst gegeben, damit sie nicht vergessen werden ...«

Ophelia wachte in den nächsten Tagen und Nächten rund um die Uhr am Bett der kleinen Eva, und ihr Vater, Onkel Tom und Mammy besuchten sie ebenfalls so oft wie möglich. Toms größte Freude war es, wenn Eva es wünschte, auf einem Kissen und in eine Decke gehüllt im Zimmer auf und ab, auf die Veranda hinaus oder in den Schatten unter die Orangenbäume getragen zu werden.

Eva fühlte keinen Schmerz, als sie eines Tages einschlief und nicht mehr erwachte.

»Bete, Tom!«

Eva wurde im Beisein aller im Garten, in der Nähe der Bank, auf der sie so oft mit Tom gesessen hatte, begraben. Die Trauer im Haus war unendlich groß. Und jeder trauerte auf seine ganz eigene Weise. Anders als ihr Mann tat Marie ihren Kummer laut klagend und seufzend kund. St. Clare hingegen war still und blass.

Tom folgte nach Evas Tod seinem Herrn, wohin er auch ging. Er sorgte sich um ihn. Manchmal sah er ihn in Evas Zimmer sitzen und in ihrer kleinen Bibel lesen. Schaute er zu Tom auf, lag in seinem tränenlosen Blick ein unermesslicher Schmerz.

Der Sommer neigte sich bereits dem Ende zu, und St. Clare beschloss, zurück in die Stadt zu ziehen. Er bemühte sich, die Leere in seinem Herzen, die Evas Tod hinterlassen hatte, auszufüllen und unternahm viele Geschäftsgänge in die Stadt. Niemand ahnte, wie sehr er die Tochter vermisste und wie wenig ihm das Leben noch bedeutete.

»Oh, Misses, Mr St. Clare ist so mager geworden. Er isst ja auch kaum etwas«, klagte auch Mammy. »Er kann Miss Eva nicht vergessen, das liebe, kleine, selige Kind!«

»Er ist sonderbar«, entgegnete Marie. »Er hat nicht ein Wort mit mir über ihren Tod gesprochen.«

Alle Hoffnungen im Leben hatte St. Clare auf Eva gerichtet, das wurde ihm erst jetzt klar. Für sie hatte er sein Vermögen verwaltet, nach ihren Plänen hatte er seine Zeit eingeteilt, dies war seine Gewohnheit gewesen. Jetzt erschien ihm alles sinnlos. Doch etwas gab es zu tun, etwas, das er Eva versprochen hatte. St. Clare begann bald nach seiner Rückkehr ins Herrenhaus in der Stadt, die gesetzlichen Schritte zur Freigebung Toms einzuleiten. Er gewann seinen treuen Diener mit jedem Tag lieber, und in der ganzen weiten Welt gab es nichts, was ihn mehr an Eva erinnerte, als dieser schwarze, kräftige Mann. Dennoch wollte er Tom die Freiheit schenken.

»Tom«, sagte St. Clare eines Morgens, »ich will dich zu einem freien Mann machen. Bereite deinen Aufbruch nach Kentucky vor.«

Ein Strahl von Freude blitzte in Toms Gesicht auf, und er rief: »Gott sei gelobt!«

St. Clare senkte den Blick. »Bist du so froh, von mir fortzugehen?«, fragte er enttäuscht.

»*Nein*, gewiss nicht, Master.«

»Hast du es bei mir denn nicht gut? Du bekommst doch immer saubere Kleider, gut und mehr als genug zu essen …«

»Master, das ist es nicht. Sie sind immer gütig und großzügig zu mir gewesen. Das weiß ich. Aber ich will lieber weniger haben, aber dafür ist es mein. Ist das nicht natürlich?«

»Also wirst du fortgehen und mich verlassen …«

»Nein, Master. Ich verlasse Sie nicht, solange Sie in Not sind«, sagte Tom.

»Nicht, solange ich in Not bin, Tom?«, fragte St. Clare. »Und wann wird meine Not vorüber sein?«

»Wenn Mr St. Clare ein Christ geworden ist«, antwortete Tom.

»Und du willst bei mir bleiben, bis dieser Tag kommt?«, fragte St. Clare und legte seine Hand auf Toms Schulter. »Du gute treue Seele, ich will dich nicht bis zu dem Tag festhalten. Geh heim zu Frau und Kindern und grüße sie von mir.«

»Ich habe den Glauben, dass der Tag kommen wird«, sagte Tom mit Tränen in den Augen. »Der Herr hat Arbeit für den Master.«

»Arbeit? Nun, Tom, lass hören, was Gott für mich vorsieht.«

»Selbst ein armer Bursche wie ich hat Arbeit vom Herrn, und Mr St. Clare, der Gelehrsamkeit und Reichtum und Freunde besitzt – wie viel könnte er für den Herrn tun!«

An einem warmen spätsommerlichen Abend, als St. Clare aus dem Salon auf die Veranda heraustrat, sah er Tom eifrig mit seiner Bibel beschäftigt. »Soll ich dir vorlesen, Tom?«, fragte er und setzte sich zu ihm.

»Wenn der Master so gut sein will.«

St. Clare nahm das Buch und las seinem Diener eine Weile lang vor. Tom lauschte seinen Worten andächtig und in stiller Freude. Danach kehrte St. Clare zerstreut und nachdenklich in den Salon zurück, wo Marie und Ophelia stumm beieinander saßen. Als ihr Gatte eintrat, stand Marie auf und legte sich auf das Sofa. Ophelia strickte in Gedanken versunken an einem Strumpf. St. Clare ging an den Flügel und begann eine sanfte, wehmütige Melodie zu spielen. Nachdem die letzte Note verklungen war, griff er ein altes Notenbuch und begann darin zu blättern. Zu Ophelia gewandt sagte er plötzlich: »Hier, dieses Notenbuch gehörte meiner Mutter, und das ist ihre Handschrift. Dieses Requiem Mozarts hat sie gesungen. Es ist beinahe, als ob ich ihre Stimme noch höre.« Er schlug einige majestätische Akkorde an und begann, lateinisch das alte erhabene »Dies irae« zu singen.

Die Musik lockte auch Tom an die Verandatür, von wo aus er aufmerksam zuhörte. Er verstand zwar die Worte nicht, aber die Musik und die Art des Gesanges machten einen starken Eindruck auf ihn.

Doch plötzlich verstummte das Spiel. St. Clare saß, den Kopf in die Hände gestützt, einige Augenblicke da und begann schließlich, im Zimmer auf und ab zu gehen.

»Ich weiß nicht, was mich heute Abend so unruhig sein lässt«, sagte er, »immer zu muss ich an Mutter denke. Ich fühle mich ihr plötzlich so nah. Ich werde wohl noch ein wenig in die Stadt gehen und hören, was es Neues gibt. Das lenkt mich ab.«

»Soll ich Sie begleiten, Master?«, fragte Tom.

»Nein, mein Guter«, sagte St. Clare und zu Marie gewandt: »Ich werde in einer Stunde wieder zurück sein.« Er nahm seinen Hut und verließ das Haus.

Tom setzte sich auf eine Bank in den Garten. Es war ein mondheller Abend. Er dachte an seine Heimat und dass er eines Tages als freier Mann zu seiner Frau und seinen Kindern zurückkehren würde. Er dachte an den edlen jungen Master und betete für ihn, dann sah er die kleine Eva noch einmal vor sich. Und unter diesen Träumereien nickte er ein, und es war ihm, als ob sie mit einem Jasminzweig im Haar, mit geröteten Wangen und strahlenden Augen auf ihn zuspringe. Plötzlich weckten Tom laute Stimmen.

Er eilte ins Haus, wo Männer mit schwerem Schritt eingetreten waren, die einen in einen Mantel gehüllten und auf einem Brett liegenden Menschen in den Salon trugen. Das Licht einer Lampe fiel auf das Gesicht des Mannes, und Tom stieß einen Schrei des Entsetzens aus, der durch das ganze Haus widerhallte.

St. Clare war in ein Kaffeehaus gegangen, um eine Abendzeitung zu lesen. Auf einmal hatten zwei Betrunkene Streit angefangen, und St. Clare und einige andere Gäste hatten versucht zu schlichten. Einer der Streithähne zog plötzlich ein Messer, und St. Clare hatte ein lebensgefährlicher Stich in die Seite getroffen.

Das Haus war voll Geschrei und Wehklagen, die Dienerschaft lief verzweifelt jammernd von einem Zimmer ins andere. Marie war nicht ansprechbar. Nur Tom und Ophelia schienen einige Geistesgegenwart zu bewahren.

St. Clare war ohnmächtig. Doch Ophelia schaffte es, ihn noch mal wach zu bekommen. St. Clare schlug die Augen auf und ließ den Blick im Zimmer umherschweifen, bis es auf dem Portrait seiner Mutter ruhte, dann schloss er wieder die Augen.

In diesem Moment kam endlich der Arzt. Ihm war anzusehen, dass er keine Hoffnung zu haben schien, dennoch verband er dem Verletzten die Wunde, während die Dienerschaft unaufhörlich jammerte und schluchzte.

»Schick die Leute fort«, sagte der Arzt zu Tom, »der Verwundete braucht Ruhe.« Da öffnete St. Clare noch einmal die Augen und blickte starr auf die bekümmerten

Gesichter. »Die armen Geschöpfe!«, flüsterte er. St. Clare konnte nur leise sprechen. Nach einiger Zeit legte er seine Hand auf die von Tom und sagte: »Armer Tom!«

»Weshalb, Master?«, fragte Tom ernst, der neben ihm kniete.

»Ich sterbe«, sagte St. Clare, ihm die Hand drückend. »Bete, Tom!«

Tom betete laut, und als er geendet hatte, ergriff St. Clare ein letztes Mal Toms Hand.

Nach dem Tod St. Clares lagen Schrecken und Bestürzung über dem Anwesen. Tom jedoch war noch so sehr in Trauer versunken und zugleich mit so vielen Aufgaben betreut, die zur Vorbereitung der Beerdigung nötig waren, dass er noch gar nicht dazu gekommen war, über die Folgen des plötzlichen Todes seines Masters nachzudenken. Wie ein Schlag traf ihn die Erkenntnis, dass sein Herr ihn in hoffnungsloser Sklaverei zurückgelassen hatte. Als das Begräbnis vorüber war, beschloss Marie, alle Sklaven an einen Händler zu verkaufen. Dies erfuhr Tom von Adolph, dem ersten Diener im Haus.

»Woher weißt du das?«, fragte Tom ihn entsetzt.

»Ich habe mich hinter den Vorhängen versteckt, als die Missis mit dem Advokaten sprach.«

Tom wandte sich mit einem tiefen Seufzer ab. Die enttäuschte Hoffnung auf die Freiheit, der Gedanke an

Chloe und die Kinder lagen schwer auf seiner Seele. Er unterdrückte die bitteren Tränen und betete. Dann suchte er Miss Ophelia auf, die ihn seit St. Clares Tod mit besonderer Güte behandelt hatte.

»Missis«, sagte er, »Master St. Clare hat mir meine Freiheit versprochen. Würden Sie so gut sein, mit der anderen Missis darüber zu sprechen.«

»Ich will mein Möglichstes tun«, erwiderte Ophelia, »wenn es aber von Mrs St. Clare abhängt, so habe ich nicht viel Hoffnung für dich.« Doch Ophelia nahm sich vor, sich mit allen Mitteln, die ihr zur Verfügung standen, für Tom einzusetzen. Noch am selben Abend ging sie zu Marie.

Diese lag mal wieder auf dem Sofa und ruhte, während eine Dienerin Proben eines dünnen, schwarzen Stoffes vor ihr ausbreitete.

»Ich bin mir nicht sicher, ob es für meine Belange das Richtige ist«, sagte Marie gerade.

»Missis«, erwiderte die Dienerin, »die Generalin hat nach dem Tode des Generals denselben Stoff getragen.«

»Was sagen Sie dazu?«, fragte Marie nun Ophelia.

»Das ist wohl Geschmackssache«, antwortete diese. »Sie können das besser beurteilen als ich.«

»Nun«, sagte Marie, »ich habe nichts zum Anziehen, was einer Witwe angemessen ist, und da ich nächste Woche genug damit zu tun habe, den Haushalt hier aufzulösen, will ich mir bis dahin die passende Garderobe zulegen.«

»Wollen Sie das Haus schon so bald aufgeben?«

»Ja, St. Clares Bruder hat geschrieben, dass es am besten ist, die Dienerschaft und die Möbel recht bald zu versteigern.«

»Ach, Marie, ich möchte mit Ihnen über etwas reden«, sagte Ophelia nun. »Augustin hat Tom die Freiheit versprochen und die gesetzlichen Förmlichkeiten eingeleitet. Ich hoffe, dass *Sie* nun Ihren Einfluss geltend machen, um sie vervollständigen zu lassen.«

»Das werde ich keineswegs tun«, entgegnete Marie. »Tom ist einer der wertvollsten Diener. Wozu braucht er die Freiheit.«

»Aber sein Herr hat sie ihm versprochen, und er ist so fleißig und fromm!«

»Oh, Sie brauchen mir das nicht zu sagen. Ich habe Hunderte gesehen, die ebenso gut sind wie er.«

»Aber bedenken Sie die Möglichkeit, dass er einen harten Herrn erhält«, sagte Ophelia.

»Es kommt unter hundert Fällen kaum einmal vor, dass ein guter Sklave einen schlechten Herrn bekommt. Ich bin hier geboren und aufgewachsen und habe nie einen Herrn gekannt, der seine Leute nicht so behandelt hätte, wie es zweckmäßig war.«

»Aber, Marie«, beharrte Ophelia, »ich weiß, dass es einer der letzten Wünsche Ihres Mannes war, dass Tom seine Freiheit haben sollte – es war ein Versprechen, das er der lieben Eva auf ihrem Sterbebett gegeben hat. Das können Sie doch nicht vergessen haben.«

»Oh Ophelia, wie rücksichtslos Sie sind. Sind denn alle gegen mich? Ich hätte nicht erwartet, dass *Sie* mir diese Erinnerungen an mein Unglück zurückrufen würden. Ich hatte nur eine einzige Tochter, und sie wurde mir genommen! Ich hatte einen Gatten, der zu mir passte – auch ihn musste ich verlieren! Ich glaube wohl, dass Sie es gut meinen, aber es ist sehr rücksichtslos von Ihnen ...« Marie rang nach Atem und rief nach Mammy.

Ophelia ging in ihr Zimmer, sie sah ein, dass es nichts nutzen würde, weiter auf Marie einzureden. Sie tat daher das Beste, was sie für Tom tun konnte: Sie schrieb einen Brief an Mrs Shelby, worin sie über Toms Not berichtete und sie bat, ihm zu Hilfe zu kommen.

Bereits am folgenden Tag wurden Tom, Adolph und noch ein halbes Dutzend anderer Diener zur Versteigerung zum Markt von New Orleans gebracht.

Mit den Dienern St. Clares wurden auch zwei schwarze Frauen auf dem Markt angeboten, Susan und ihre Mutter Emmeline, die Dienerinnen einer liebenswürdigen, frommen Dame in New Orleans gewesen waren. Beide Frauen hatte die Dame sorgfältig unterrichtet. Sie konnten lesen und schreiben und hatten es bei ihrer Herrin gut angetroffen, bis der Sohn ihrer Beschützerin mit seinen Geschäften bankrott gemacht hatte.

Tom hörte ein Gespräch zwischen den Frauen, während sie mit Fesseln an Füßen und Händen dasaßen.

»Mutter, lege deinen Kopf auf meine Schulter, vielleicht kannst du ein wenig schlafen«, sagte das Mädchen.

»Ich kann nicht schlafen, Emmeline. Es ist womöglich die letzte Nacht, die wir beisammen sind.«

»Ach, Mutter, sag nicht so etwas …«

In dem Raum, in dem die Dienerschaft St. Clares sowie Susan und Emmeline warteten, gab es erhöhte Flächen für Redner wie den Auktionator, der die Versteigerung leitete. Allmählich versammelten sich immer mehr Käufer in dem Raum. Tom betrachtete aufmerksam die Menge, und suchte nach einem Menschen, von dem er sich gewünscht hätte, dass er sein Herr werden möge. Da drängte sich ein Mann mit einem weit geöffneten Hemd und beschmutzten Beinkleidern durch die Menge, kam zu der Gruppe heran und begann, jeden einzelnen Sklaven genau in den Blick zu nehmen.

Von dem Augenblick an, als Tom ihn gesehen hatte, grauste ihm vor dem Mann. Er war augenscheinlich von riesenhafter Stärke und hatte große, schmutzige Hände mit langen, unsauberen Nägeln. Als er vor Tom stand, befühlte er dessen Armmuskeln.

»Wo wurdest du angelernt?«, fragte er in barschem Ton.

»In Kentucky, Master«, antwortete Tom.

»Was hast du getan?«

»Das Gut des Masters verwaltet.«

»Eine wahrscheinliche Geschichte«, sagte der Mann kurz.

Dann blieb er vor Adolph stehen, nahm dessen blank geputzte Stiefel in den Blick, spie abfällig zur Seite aus und ging weiter. Vor Susan und Emmeline blieb er abermals stehen.

Da läutete eine Glocke, die Versteigerung begann.

Adolph wurde für eine bedeutende Summe an einen gut angezogenen jungen Herrn verkauft.

Dann war Tom an der Reihe. Schon nach kurzer Zeit fiel der Hammer, Tom war verkauft – »Dein Herr ist Mr Legree.« Es handelte sich bei dem neuen Master um den ungepflegten Mann mit dem offenen Hemd. Auch Susan und zwei andere Männer wurden zu Tom gestoßen. Emmeline kaufte ein anderer Herr. Mutter und Tochter weinten bitterlich.

Weg in die Freiheit

Während Onkel Tom an einen neuen Herrn verkauft worden war, hatte Tante Dorcas, eine strenggläubige und großherzige Quäkerin, Loker gesund gepflegt. Er lag in einem sauberen Bett und fluchte über die Hitze.

Als Tante Dorcas ihm Wasser brachte, sagte sie entrüstet: »Ich wünschte, Freund, dass du aufhören würdest zu fluchen.«

»Mütterchen, ich habe Ihnen viel zu verdanken, aber das ist wohl zu viel verlangt. Doch hört mir gut zu, die junge Familie sollte sich sobald wie möglich auf den Weg nach Kanada machen. Marks wird ihnen gewiss auflauern. *Verdammt*, ich wollt -«

»Bitte ...«, sagte Tante Dorcas vorwurfsvoll.

»Mütterchen, ich sage Ihnen, wenn Sie mich zu streng behandeln, wird es nur noch schlimmer mit meinen Worten. Nun machen Sie sich fort und schärfen der Frau ein, sie soll sich verkleiden.«

Loker hatte drei Wochen in dem Quäkerhaus verbracht, dann verließ er es gesund und bei guten Kräften. Er wollte den Sklavenhandel aufgeben und ein Jäger und Fallensteller in den Ansiedlungen der Quäker werden, fluchen wollte er nur noch selten.

George und Eliza hörten auf den Rat Lokers. Eliza zog Männerhosen, Stiefel und eine Felljacke an und setzte einen Hut auf, sodass sie wie in einen Mann verwandelt erschien. Den kleinen Harry hatten die Eltern in die Obhut einer sehr achtbaren Dame aus den kanadischen Niederlassungen gegeben, die zu jener Zeit in ihre Heimat zurückkehrte und sich während der Überfahrt um den Jungen zu kümmern versprach.

So machten sich George und Eliza, Mrs Smith und der kleine Harry eines Nachts auf den Weg zu einem Dampfschiff, das sie nach Kanada bringen sollte.

George stand an einem Schalter auf dem Schiff und kaufte gerade die Billetts für sich und Eliza. Er atmete tief durch. Sollte er bald ein freier Mann sein? Während er seinen Gedanken nachhing, hörte er plötzlich eine raue Stimme hinter sich.

»Ich habe jeden, der das Schiff betrat, genau angesehen. Die drei waren nicht darunter, Mr Marks.«

»Man kann das Weib ja auch kaum von einer Weißen unterscheiden«, erwiderte dieser. »Aber der Mann ist ein sehr heller Mulatte und hat ein Brandmal.«

Georges gezeichnete Hand, mit der er in diesem Moment das Restgeld in Empfang nahm, zitterte, aber er hatte den Mut, sich langsam umzudrehen und die beiden Sprecher anzuschauen. Hinter ihm stand Marks. Er spähte angestrengt mit zusammengekniffenen Augen über das Schiff, bemerkte George, der in seinem Schatten stand, jedoch nicht. Da läutete die Glocke zur Abfahrt.

Marks fluchte hörbar laut. Im letzten Moment, bevor sich das Schiff in Bewegung setzte, eilte Marks von dem Dampfschiff zurück an Land. Lange noch sah George ihn am Ufer stehen und dem Schiff nachblicken. Eliza ergriff Georges Hand, und die beiden lächelten zuversichtlich in die Sonne, die strahlend am Himmel stand.

Als sich das Schiff der kleinen Stadt Amherstberg näherte, standen die beiden zitternd vor Aufregung auf dem oberen Deck an der Reeling. Dann rafften sie ihr Gepäck zusammen.

Mrs Smith hatte mit Harry das Boot bereits verlassen, George und Eliza folgten in einigem Abstand. Noch immer hatten sie Angst, jemand könnte sie erkennen und aufhalten wollen.

Erst als sie an Land waren und das Schiff außer Sicht, fielen sie sich alle in die Arme und küssten sich freudig. Sie dankten Gott für ihre glückliche Rettung.

Mrs Smith geleitete die junge Familie zur Wohnung eines Missionars, bei dem sie für die ersten Tage in der neuen Heimat gastfreundlich aufgenommen wurden.

In den Händen Simon Legrees

Onkel Tom aber saß mit schweren Ketten an Füßen und Händen in einem Raum auf der unteren ebene eines kleinen Dampfbootes. Er dachte wehmütig an Chloe und die Kinder, an Master St. Clare und die kleine Eva. Er hatte gute Herren gehabt, doch nun nannte ihn ein neuer Herr sein eigen: ein gewisser Simon Legree, der in New Orleans insgesamt acht Sklaven gekauft hatte.

Das Boot fuhr den Red River hinauf. Sobald es abgefahren war, kam der neue Herr, um sich seine Sklaven genauer anzuschauen. Vor Tom hielt er an und rief: »Steh auf!«

Tom stand auf.

»Nimm das Halstuch ab!«

Tom folgte seinem Befehl jedoch anscheinend nicht schnell genug, denn Legree riss ihm das Tuch im nächsten Moment vom Hals und stopfte es sich in seine Tasche. Dann beugte er sich über Toms Koffer, nahm ein paar alte Beinkleider und einen abgetragenen Rock heraus und befreite Tom von den Fesseln. »Gehe dorthin!«

Tom gehorchte.

»Zieh deine Stiefel aus!« Er warf Tom ein Paar ausgetretene Schuhe hin. »Zieh diese an. Und Tom, gib auf die Kleider gut Acht, auf meinem Gut muss ein Anzug ein Jahr lang halten.« Damit ging er fort, um ein Glas Brandy zu trinken.

Am Hafen einer kleinen Stadt hielt das Dampfboot an, und Legree ging mit seinen Sklaven an Land.

Eine verkommene Straße führte zwischen Zypressensümpfen zur Plantage, auf der Tom und die anderen künftig arbeiten sollten. Susan und eine Mulattin saßen in einem Wagen, den Legree lenkte, von Zeit zu Zeit trank er dabei aus einer Flasche. Die männlichen Sklaven gingen zu Fuß. Es war ein beschwerlicher Weg und es dauerte, bis sie endlich eine Allee erreichten, die zu einem Wohnhaus führte, das sich ein reicher Mann mit Geschmack und Pracht erbaut hatte. Legree hatte es ihm für wenig Geld abgekauft, als der ehemalige Besitzer große Schulden gemacht hatte. Die Fenster des Hauses waren zum Teil zerschlagen, zum Teil mit Brettern zugenagelt, auf dem Hof stand hier und da ein zerbrochener Blumentopf, aus einigen Töpfen guckten vereinzelt welke Blumenzweige hervor. Das Anwesen sah wüst und verkommen aus.

Mehrere zerlumpte Sklaven eilten herbei, ihren Herrn zu empfangen, einige Hunde kamen auf den Hof gelaufen und erhoben ein wütendes Gebell.

»Die Hunde sorgen dafür, dass ihr nicht auf die Idee kommt, zu fliehen«, sagte Legree mit rohem Lachen. »Sambo – alles in Ordnung?«

»Jawohl, Master«, antwortete einer der zerlumpten Diener.

»Sambo, nimm die Männer hier und führe sie in ihre Quartiere. Ihr kommt mit ins Haus«, sagte er zu den Frauen gewandt.«

Der Diener ging mit Tom und denn anderen Männern zu den entfernten Quartieren, einer Reihe elender Hütten. Die Arbeiter Legrees waren noch bei der Arbeit, sie kehrten erst spät heim. Sie waren gewöhnlich vom frühen Morgen an auf den Feldern und kamen in der Dunkelheit müde und hungrig zurück.

Sambo verteilte scheffelweise Maiskörner, die sich Tom und die anderen Sklaven selbst mahlen mussten, um sich dann davon Kuchen backen zu können. »Das sind eure Rationen für die ganze Woche«, sagte der Schwarze.

An den wenigen Maismühlen, die vorhanden waren, entstand Gedränge und Streit. Die Stärkeren stießen die Schwächeren fort. Tom wartete bis zuletzt, dann mahlte er zuerst das Korn zweier Frauen. Dafür rösteten sie ihm seinen Kuchen. Tom saß währenddessen am Feuer und zog seine Bibel hervor. »Was ist das?«, fragte eine der Frauen.

»Eine Bibel.«

»Ich habe in Kentucky oft zugehört, wenn aus der Bibel vorgelesen wurde«, sagte die andere Frau, »aber hier vernimmt man keine solchen Worte, hier gibt es nur Geschrei und Fluchen.«

»Was steht in der Bibel?«, fragte nun die erste wieder.

Tom las: »Kommt her zu mir, die ihr mühselig und beladen seid, ich will euch erquicken.«

»Das klingt gut – wer sagt das.«

»Der Herr.«

»Wenn ich wüsste, wo der Herr ist«, erwiderte die Frau, »so würde ich zu ihm gehen. Ich bin so geschwächt, alle meine Glieder tun wir weh, ich würde ihn bitten, dass er mir hilft.«

Am nächsten Morgen, als das Horn ertönte, mussten alle in die Felder hinaus. Es war Erntezeit auf den Baumwollfeldern. Unter den Arbeitern befand sich eine Frau, die gut gekleidet auf dem Feld erschien, sie mochte zwischen dreißig und vierzig Jahren alt sein und war vermutlich einmal sehr schön gewesen. Die anderen schienen sie zu kennen, denn Tom sah sie spöttische Blicke auf die Fremde werfen und hörte ihre bissigen Bemerkungen über sie. Auf dem Feld arbeitete sie in der Nähe Toms und der Mulattin, die krank und schwach aussah und nur langsam arbeiten konnte. Die Fremde pflückte die Baumwolle mit raschen und geschickten Händen, aber sie sprach kein Wort dabei.

Als Tom in die Nähe der Mulattin kam, die er fortwährend seufzen hörte, legte er Baumwolle aus seinem Korb in den ihren.

»Oh, tu das nicht«, sagte die Frau, »du weißt nicht, was dir dafür geschehen wird.«

Sambo hatte gesehen, was Tom getan hatte, und lief herbei, seine Peitsche schwingend. »Was soll das, Tom!«, rief der Schwarze, »ich werde dem Herrn sagen, dass du Baumwolle in Lucys Korb getan hast, du verdammter Nigger!«

Als er ging, sah die Mulattin Tom traurig an und legte die Baumwolle aus ihrem Sack zurück in seinen Sack.

Sobald es dunkel wurde, zogen die Arbeiter zur Wiegestube, wo Legree die Körbe und Säcke seiner Arbeiter wog. Sie mussten eine bestimmte Menge Baumwolle gepflückt haben, sonst wurden sie bestraft.

»Tom hat Baumwolle in Lucys Korb gelegt«, berichtete Sambo seinem Master.

»Du musst wohl noch erst erzogen werden«, sagte Legree grinsend und wog Toms Korb zuerst. Er hatte das richtige Gewicht. Aber Legree sagte: »Nicht genug! Tritt beiseite, du sollst deine Strafe später erhalten.«

Der Mulattin ging es nicht anders.

Der Reihe nach wurden auch die Körbe der anderen gewogen, zuletzt der Korb der gut gekleideten Fremden, die einige französische Worte zu Legree sprach, der sofort den Stock erhob, als wolle er sie schlagen, ihn jedoch kurz darauf wieder herabsinken ließ, als sie ihn zornig anblickte.

»Komm her, Tom, ich will dich zum Aufseher machen!«, rief Legree plötzlich. »Komm und gib der Mulattin eine Tracht Schläge.«

»Ich bitte den Master um Verzeihung, ich habe so etwas noch nie getan und kann es auch nicht tun«, antwortete Tom.

»Dann wirst du es lernen müssen!«, schrie Legree und schlug ihn mit der Peitsche. »Wirst du es nun können?«

»Nein, Master. Ich will Tag und Nacht arbeiten, aber dies zu tun wäre Unrecht.«

»Nehmt diesen Burschen und schlagt ihn windelweich!«, schrie Legree.

Sambo und ein anderer Diener ergriffen ihn und schleppten ihn hinaus.

Es war tiefe Nacht, Tom lag stöhnend in einem kleinen Stall. Die Mücken quälten ihn entsetzlich, noch mehr aber die Schmerzen und der brennende Durst.

»Oh, guter Gott, hilf mir!«, flehte er. Da ertönten Schritte, und das Licht einer Laterne fiel in seine Augen.

Die Fremde war es. Sie erhob sein Haupt und setzte einen Becher mit Wasser an seine Lippen. Nachdem er getrunken hatte, zog sie einen Strohsack heran und breitete nasse Leinentücher darauf aus. Dann half sie Tom, sich hinaufzurollen, um seine Wunden zu kühlen.

Sie kniete sich neben ihn. »Es nutzt nichts, mein armer Bursche, dass du dich auflehnst«, sagte sie. »Du kannst froh sein, wenn du deine eigene Haut retten kannst.«

Tom faltete die Hände. »Oh gütiger Gott! Hast du uns Arme ganz vergessen? Missis, in der Tasche meines Rockes, den Sambo dort in die Ecke geworfen hat, steckt meine Bibel. Würden Sie so gut sein, mir vorzulesen.«

»Sag nicht Missis zu mir, ich wurde versklavt wie du. Ich heiße Cassy.« Sie holte die Bibel, und Tom schlug sie auf. Cassy las von Jesus' Kreuzigung.

Als sie geendet hatte, sagte Tom: »Wenn wir ihm doch nachfolgen könnten! Aber wir müssen so schwer um unsere Erlösung kämpfen. Ich wünschte, ich würde sterben.«

»Vielleicht wäre es der rechte Weg«, murmelte Cassy. »Doch es gibt für so viele keine Hoffnung. Sieh mich an, ich bin in prächtigen Zimmern aufgewachsen, lernte Französisch, Sticken und liebte die Musik. Dann starb mein Vater plötzlich, und ich und meine Mutter, eine Sklavin, wurden verkauft. Der Mann, der mich erwarb, heiratete mich und wir hatten zwei Kinder. Doch dieser Mann war eine Spieler, er spielte um Geld und verschuldete sich hoch. Da verkaufte er mich und die Kinder, um die Schulden begleichen zu können. Ich habe meine Kinder nie wieder gesehen. Ich wurde von einem Herrn zum anderen verkauft, bis ich in die Hände Legrees geriet.«

Tom blickte sie mitleidig an. »Oh, Miss Cassy, geben sie die Hoffnung nicht auf.«

Am nächsten Morgen kam Legree zu Tom in den Stall. »Nun, mein Junge, wie geht es dir? Siehst du ein, dass es schlecht für dich ist, wenn du mir nicht gehorchst? Stehe auf und bitte mich um Verzeihung!«

Tom rührte sich nicht. Seine Schmerzen waren noch immer groß. Da zögerte Legree nicht und schlug mit der Peitsche nach Tom.

»Sie können mich peitschen, bis ich tot bin. Aber wenn Sie mich getötet haben, können Sie nichts mehr tun.«

Legree holte abermals aus.

Cassys Flucht

Tom blieb in der Hand des unbarmherzigen Legrees. Legree jagte ihn trotz seiner Wunden aufs Feld zur Arbeit. Ein Tag nach dem anderen verstrich unter beständiger Pein, körperlichen und seelischen Schmerzen. Die Sklaven mussten selbst an den Sonntagen an die Arbeit, es gab keinen Ruhetag. Tom war stets so erschöpft, dass seine müden Augen ihm seinen Dienst versagten, wenn er in seiner Bibel lesen wollte. Das quälte ihn noch mehr als Hunger und Schläge.

Tom erzählte, so oft er konnte, seinen Mitsklaven Geschichten aus der Bibel. Das half ihnen und ihm selbst Trost zu schöpfen. Doch die Übel verringerten sich nicht.

Eines Abends kam Cassy zu ihm. »Tom, ich kann Legree und das unmenschliche Leben hier nicht länger ertragen. Ich muss fort, sonst sterbe ich. Mein Hass und meine Angst sind so groß, dass ich vor nichts mehr zurückschrecke«, sagte sie. Sie hatte einen Plan geschmiedet, den sie Tom nun unterbreitete. Sie wollte Tom die Gelegenheit verschaffen, Legree zu töten, dann wollte sie gemeinsam mit ihm die Flucht ergreifen. Nur so, meinte sie, würden sie nicht Gefahr laufen, dass Legree sie verfolgte und wieder einfing.

Tom schüttelte heftig den Kopf und wies Cassys Mordplan mit ernsten Worten zurück. Solch eine Tat konnte er vor Gott nicht verantworten. Er sagte Cassy, sie solle allein fliehen und ohne eine solche Schuld auf sich zu nehmen. »Mir hat Gott eine Arbeit aufgetragen, sodass ich diesen Ort nicht einfach verlassen kann. Ich will aber gern sterben, wenn ich auch nur eine der armen Seelen hier auf der Plantage dadurch zu retten vermag.«

Cassy bereitete in den nächsten Tagen heimlich ihre Flucht vor. Sie fand einen stillen Ort, an dem sie Lebensmittel und Kleidung versteckte. Dann, eines Nachts, machte sie sich mit einem kleinen Bündel davon.

Die Nachricht von der Flucht Cassys verbreitete sich schnell. Doch Tom atmete erst erleichtert auf, als die Verfolgung, die mehrere Tage lang unternommen wurde, fruchtlos aufgegeben wurde. Doch die Erleichterung hielt nicht lange an. Eines Morgens bestellte Legree ihn zum Verhör zu sich.

Sobald Tom in seiner Nähe war, packte er ihn grimmig an den Schultern. »Du weißt, wohin sie geflohen ist – lüge nicht! Du wirst es mir sagen oder ich werde dich totprügeln lassen. Wähle.«

Tom sah furchtlos in das vor Zorn hässlich verzogene Gesicht Legrees. »Master, wenn Sie krank wären oder in Not, so würde ich Ihnen mein Herzblut geben, um Sie zu retten. Laden Sie diese große Sünde doch nicht auf ihr Gewissen.«

Legree schäumte bei diesen Worten vor Wut. »Wirst du mir endlich sagen, wohin Cassy geflohen ist?«

»Nein, Master. Ich werde die Unschuldigen nicht verraten.«

Legree wich zurück, für einen Augenblick verstummte er. Doch im nächsten Moment ergriff ihn erneut eine Welle der Wut, und die drohende Gewalt blitzte in seinen Augen auf, bevor er Tom zu Boden schlug und fortging.

»Es ist fast aus mit ihm«, sagte Sambo gequält, dessen rohes Herz von der Geduld und Standhaftigkeit Toms gerührt worden war. »Ich habe dich schändlich behandelt, Tom.« Er wusch Toms Wunden aus und bettete ihn so gut es möglich war.

»Ich danke dir, Sambo«, sagte Tom unter Schmerzen.

»Oh, Tom, verzeihe mir, ich bin so entsetzlich schlecht gegen dich gewesen!«, rief Sambo nun und ehrliche Tränen traten ihm in die Augen.

»Es ist gut«, sagte Tom leise, »ich verzeihe dir.«

Trauer um Onkel Tom

Zwei Tage später rollte ein hübscherer Wagen durch die Allee auf das Haus Legrees zu. Als der Wagen hielt, sprang ein junger Mann heraus und fragte nach dem Besitzer des Anwesens. Es war der junge George Shelby aus Kentucky.

Miss Ophelias Brief hatte die Shelbys erreicht, doch da Mr Shelby schwer erkrankt war, konnte die Familie nicht gleich etwas tun. Dann starb Mr Shelby, und George Shelby, sein fleißiger Sohn, übernahm die Verwaltung des Gutes. Mit einiger Mühe fand er schließlich heraus, dass Tom an einen Herrn am Red River verkauft worden war. Mrs Shelby brachte das nötige Geld zusammen und erst jetzt war an Toms Befreiung zu denken.

George Shelby, der mittlerweile ein stattlicher junger Mann geworden war, machte sich mit dem Geld in der Tasche auf den Weg, die Spur des Verlorenen aufzunehmen.

»Sie haben in Ihrem Besitz einen Neger namens Tom?«, sagte George Shelby zu Legree, als ihm dieser gegenüberstand. »Er ist unsrer Familie viel wert, und ich wünsche ihn zurückzukaufen.«

»Er ist der widerspenstigste Nigger, den ich je gesehen habe. Es gab hinreichend Grund ihn zu schlagen«, murrte Legree.

»Wo ist er?«, rief George heftig.

»Dort in dem Stall«, sagte ein kleiner Junge, dem Legree dafür einen Tritt versetzte.

George Shelby eilte in die Holzbaracke und sank neben Tom nieder. »Ist es möglich? Oh, Onkel Tom – mein armer alter Freund. Ich bin hier, dein George. Bitte sprich noch einmal, öffne die Augen!«

Georges Stimme erweckte Tom aus der Benommenheit. Er öffnete für einen Moment die Augen und lächelte schwach. »Oh, Mr George – das ist mehr – als ich erwartete – gesegnet sei der Herr –«, stammelte er.

»Ich will dich zurückholen«, sagte George schluchzend, »ich will dich kaufen.«

»Der Herr hat mich gekauft – ich gehe zu ihm! Sagen Sie Chloe nicht, wie Sie mich gefunden haben – sagen Sie ihr nur, dass ich bereit war, zu dem Herrn zu gehen. Bringen Sie ihr und meinen lieben Kindern die letzten Grüße. – Grüßen Sie alle, alle! Ich habe meinen Peinigern verziehen –« Unter Stöhnen sprach er diese letzten Worte, dann verließ ihn endgültig die Kraft und der Schmerz wich aus seinem Gesicht. Friedlich lag er da.

Mr George saß noch lange da und hielt den Toten weinend im Arm. Erst als Legree in den Stall trat, erhob er sich. »Was verlangen Sie für den Leichnam?«, fragte er.

»Ich verkaufe keine toten Nigger. Meinetwegen machen Sie mit ihm, was Sie wollen.«

»Kommt her«, sagte George zu einigen Schwarzen, »helft mir, ihn in den Wagen zu bringen und gebt mir einen Spaten.« Er breitete seinen Mantel aus und ließ den Toten hineinheben. Dann wandte er sich Legree zu. »Ich habe Ihnen noch nicht gesagt, was ich von dieser abscheulichen Tat halte – diesem unschuldig vergossenen Blute soll Gerechtigkeit folgen. Ich will Ihre Schandtat bekannt machen ...«

»Haben Sie Zeugen? Weiße Zeugen?«, unterbrach ihn Legree spöttisch. »Sie wissen doch, dass das Zeugnis der Farbigen nichts gilt? Welch ein Lärm um einen toten Nigger.«

George erhob die Faust und schlug Legree mit einem Schlag zu Boden, dann fuhr er mit Leichnam Toms langsam auf einen Hügel zu. Oben auf der grünen Kuppel machte er halt. Einige der Schwarzen waren ihm gefolgt und halfen ihm nun, ein Grab zu schaufeln. Tom wurde mit dem Mantel hineingesenkt. Dann warfen sie die Erde auf ihn und bedeckten das Grab mit Rasen.

Dann sprach er ein stilles inbrünstiges Gebet. »Schlafe sanft, Onkel Tom«, sagte er zum Abschied.

Voller Trauer fuhr George Shelby mit dem Dampfschiff zurück, über den Red River zum Mississippi.

Indessen erwarteten Mrs Shelby und Tante Chloe ungeduldig die Heimkehr Georges. Mrs Shelby hatte schlimme Ahnungen, doch Tante Chloe war in großer Vorfreude auf die Rückkehr ihres Mannes.

Eines Morgens sagte Tante Chloe freudestrahlend: »Ich glaube, dass mein Alter die Jungen und die Kleine gewiss nicht wiedererkennen wird. Die Kleine kann schon Waffeln backen, und sie macht sie so gut wie ich!«

Mrs Shelby seufzte.

In diesem Augenblick fuhr ein Wagen vor.

»Mr George! Tom!«, rief Chloe und eilte hinaus. Vergebens hielt sie nach ihrem Mann Ausschau, während George seine Mutter umarmte.

»Tante Chloe«, sagte er dann, »ich würde mein ganzes Vermögen darum gegeben, wenn ich dir Onkel Tom hätte zurückbringen können. Aber er ist nun in einem besseren Land.«

Mrs Shelby stieß einen kurzen Schrei aus und weinte, Chloe jedoch blieb zuerst noch ruhig.

»Es ist so, wie ich es vorhergedacht habe. Er ist nach dem Süden verkauft und dort umgebracht worden.« Dann brach auch sie in Tränen aus. George nahm sie in den Arm und führte sie ins Haus. Er erzählte ihr von Toms letzten Worte, dass er ihrer und der Kinder gedacht hatte und wie gut und fromm er gewesen war und dass selbst seine rohen Mitsklaven durch sein Beispiel gebessert worden seien.

Einige Tage darauf versammelten George und Mrs Shelby ihre sämtlichen Sklaven um sich und George hielt eine Ansprache an sie. »Meine guten Freunde, meine Mutter und ich haben beschlossen, euch frei zu geben. Hier sind die Freischeine für jeden von euch.

Die Freude aller Schwarzen war groß, dennoch wiesen einige die Freischeine zurück.

»Nun, es ist nicht nötig, dass wir uns trennen«, fuhr George Shelby fort. »Ihr könnt hier weiterhin leben und als freie Menschen gegen einen Lohn, den ich mit euch vereinbaren will, arbeiten. Aber behaltet die Freischeine, die euch eure Freiheit sichern, auch wenn ich verarmen oder sterben sollte, damit ihr nicht verkauft werden könnt.« Er blickte in die Runde und fuhr fort: »Diese Freiheit verdankt ihr dem guten Onkel Tom. Zu seinem Andenken geschieht es, dass wir euch alle frei machen. Behaltet ihn in guter Erinnerung und seid so gut, so fromm, so treu, wie er es war.«